BLOODY DOLL

KITAKATA KENZO

されど君は微笑む

北方謙三

されど君は微笑む

BLOODY DOLL

KITAKATA KENZO

目次

1　積雪

白いコートが、似合わない街になった。

群秋生《むれしゆうせい》は、くさっているだろう。ニューヨークで買った白いコートを着て、自慢しながら歩くのが、このところのお気に入りだったのだ。白いトレンチで、淡い蛍光色を帯びていて、夜は浮きあがって見える。スノッブな街に、スノッブなコートというわけだった。

いかにも群秋生が気に入りそうなことだが、着ている本人の中身を覗《のぞ》けたとしたら、憂《ゆう》鬱《うつ》とか、絶望とか、幻滅とか、およそスノッブとは縁のない言葉でしか表現できないものが詰っている、と私は思っていた。

数年ぶりの雪だった。

それも、かなり積もった。除雪の設備がないので、ブルドーザーで雪を道端に押しやったりしているが、街のはずれまでは手が回らないようだった。

私が転がしているのは四輪駆動車で、三十センチほど雪が積もった道路でも、スタックせずになんとか走った。

私がむかっているのは隣町の漁港で、そこには小さな造船所と船具屋が二軒あった。私は商売用のクルーザーを、三十八フィートのルアーズ・トーナメントという船に替えたが、艤装《ぎそう》が充分ではなく、冬の間に部品を手に入れていじりたいというところが、数か所あったのだ。

海沿いの道は、風に晒《さら》されているせいか、街中よりむしろ積雪は少なかった。対向車はほとんどなく、私は曲がりくねった道で、テイルを滑らせたりしながら、面白がって走っていた。これでも、かつてラリーに出場した経験がある。

ドリフトでブラインドのコーナーを曲がった瞬間、フロントスクリーンに、こちらをむいて停《とま》っている車の姿が映った。とっさに、私は三速から一速にシフトを落とした。ブレーキを踏むような無謀はやらない。雪上のドリフトなのだ。スピードは、山道の半分にも達していない。スロットルをわずかに開き、前への強い駆動力を与えた時、車は体勢を立て直しかかっていた。あとはハンドリングでかわせたが、停っている車にしたたか雪を叩《たた》きつける結果になった。

車を停め、バックした。

「スタックしたのか、おい」

停っている車に並ぶと、サイドウインドを降ろして、私は言った。ありふれた、グレーの国産車だった。窓にも、私がはね飛ばした雪がへばり付いている。運転しているのは、若い女のようだ。

ウインドが降りた。

「カーブで、飛ばしすぎじゃありません?」

「別に」

ぶっつけたわけではなかった。スタックしているなら、手を貸してやろうと思って、バックしてきたのだ。助手席には、髪の長い青年が乗っているが、じっと前方に眼《め》をむけていて、私の方を見ようともしていなかった。

「その車で、街まで行くのは骨だぜ。街の中は雪掻《ゆきか》きが進んでるだろうが、途中の道でスタックするね」

「わかってます」

「どうするんだ?」

「だから、待ってるんですよ、応援を。友だちが来てくれることになってるの」

「なるほど。余計なお世話ってことか。ただ、車を停めるなら、見通しのいいところにしろよ。ここはカーブの途中だ」

「動けなくなったのよ」

苛立《いらだ》ったように、女が言った。

「じゃ、カーブの入口に、なにかわかるものを出しておくんだな。スタックしてる車がいるって」

それだけ言い、私はサイドウインドをあげて、車を出した。

余計なことには関《かか》わらない。いつも、できるだけそうしようとする。しかし、いつの間にか関わっていて、とんでもないことになっていたりするのだ。

煙草《たばこ》に火をつけ、音楽をかけた。

見通しのいいコーナーでは、やはりドリフトをやってしまう。雪の上だから、カウンターステアを当てても、タイヤやサスペンションにまったくダメージはない。

道は、隣町の入口まで、海沿いをえんえんと続いていた。昔は、これが外へ通じる幹線《かんせん》だった。内陸のS市とトンネルで結ばれてからは、さびれた道になっている。昔と言っても、せいぜい十数年前のことだ。

これほど変るのかというほど、わずかな期間で街の貌《かお》は変った。そして、変ったことにも馴《な》れた。それがいまいましいという気がする。

私はこの土地で生まれ、十八歳まで暮し、舞い戻ってから十年になる。舞い戻った時、かつては村だったところが、まるで違う場所のようなリゾートタウンになっていた。そこだけ、ぽっかりと違うものが地中から湧《わ》き出したような感じだ。隣町など、私が子供のころと大して変らない。

隣町に入ると、私は漁港のそばの船具屋へ入った。およそ四十隻ほどの、沿海漁船のいる港だが、ほかにも点々とある漁港からの需要もあるので、船具屋は結構繁盛している。マリーナで取り寄せるより、四割は安かった。それに私は、さまざまな艤装品を買い集め、自分で船をいじるのが好きだった。

ハンドレールを、いくつか買った。私の船は客を乗せるので、摑《つか》まるところはできるだけ多い方がいい。落水した人間を拾いあげるのは、見ている以上に面倒な作業で、できるかぎりそんな事故は避けたかった。

それから予備のダウンフォース型のアンカーと、アンカーチェーン十二メートル、ドアヒンジやラッチの類《たぐ》いをいくつか買った。

荷物を車に積みこんでいる時、港の方から、水村《みずむら》がひとりで歩いてくるのが見えた。好きでも嫌いでもない男だ。どうしてかというと、水村が私についてそう思っているからだ。

「ボートで来たのかい、水村さん？」

話ぐらいはする。殴り倒されたことも何度かあるが、それは強烈なものだった。私の三十数年の人生の中で、殴り合いをしたくないと思う、数少ない男のひとりだった。

「海は、凪《な》いでいる。いや、これから凪ぐ」

水村は、姫島《ひめじま》からやってきている。街と姫島の距離は二十キロ。この漁港までは、四十キロ近くになるはずだ。それを、この男はテンダー代りのランナバウトでやってきたりする。

姫島には、三百トンもあるメガ・ヨットがいた。ラ・メールというのが船名で、耳で聞けば海を意味するフランス語に思えるが、スペルが一字だけ違い、母、という意味だった。

姫島の爺《じい》さんは、喜んでそんなことをやる。とにかくひねくれた老人で、水村はその第一の忠僕《ちゅうぼく》というやつだった。

「おまえの船のエンジンは？」

表情を変えず、水村が言った。

「へえ、あんたが、そんなことを気にするのかい」

「会長が、航走《はし》っているのを見て、気にされていた」

「なるほど。姫島の爺さんか。カミンズの四百五十馬力二基」

「パワーがありすぎるな」

「それも、爺さんの意見だろう。あんたは、どう思っているんだ？」

「パワーがありすぎる」

「まったく、自分の意見ってもんがないのか、あんた。客を乗せて、ぶっ飛ばしはしねえさ。だけど自分で釣りに使う時は、誰よりも速くポイントへ行きたいんだよ」

「おまえらしい、馬鹿さ加減だ」

「それも、爺さんが言ったことだろう」

早くくたばれ、とでも伝言したいところだが、ほんとうにくたばられたくはない、という気持がどこかにある。姫島の爺さんを、実は私は嫌いではなかった。

「姫島も、雪かい？」

荷を積みこんでしまってから、私は水村に訊《き》いた。

「大したことはなかった」

「こんな日に、姫島からランナバウトでやってくる。あんたの、大したことがないってのは、それぐらいだからな。俺の船どころか、レディ・Xも出さないぜ、普通なら」

私の会社は、私の持船以外に、七十フィートのセイリングクルーザーと、四十五フィートのパワーボートを運航していた。ともに、ホテル・カルタヘーナの所有で、私の事務所もホテルの中にあった。

「会長が、船を見せにこいと言っておられる」

「見たけりゃ、自分で来るさ。姫島へ行ったって、上陸もさせて貰《もら》えないんじゃな。ドーベルマンが三頭ってのは、やりすぎだろうが。本気で咬《か》みつくように訓練してあるし」

「会長は、船を見たいと言っておられる。船だけで、おまえに会いたいと言われているわけではない」

「いつもそれだ」

吐き棄《す》て、私は煙草をくわえた。

水村は、中肉中背で、眼が細いという以外、特徴らしい特徴はなかった。よく見かける漁師、という感じだ。

水村も、なにか船舶用品を買いに来たのかもしれない。

私はそのうち、姫島に船を見せに行くだろう。そう思いながら、車に乗りこんだ。水村の姿は、もう船具屋の中に消えている。

低気圧が足早に行ってしまうと、小気味がいいぐらいに、空は晴れてきた。気温もいくらかあがり、陽《ひ》の当たるところでは、雪は解けはじめているようだった。

帰り道は、慎重に走った。久しぶりの雪にはしゃいで、チェーンやスノーネットを装着した車が、海沿いの道にも多くなっていた。

群秋生の家の前を通った時、私は寄っていこうかどうか束《つか》の間《ま》、迷った。顔を出せば、今度はパリで買ったという黒いコートでも自慢するに違いなかった。

私は渚《なぎさ》ハーバーに直行し、カリーナⅡを繋留《けいりゅう》したポンツーンのそばに車を駐《と》めた。携帯電話は鳴らない。こんな日に、仕事など入るはずはなかった。

私はカリーナⅡのキャビンに入り、革ジャンパーを脱ぐと、つなぎのデニムの作業着を着こんだ。

海はまだいくらか荒れている。だから、艤装の作業に集中するには、悪い日ではなかった。

2 男の酒

人が死んでいくのを、見過ぎた眼だと思った。

その男についての最初の印象で、闊達《かったつ》に喋《しゃべ》っている姿を見ていると、その印象は曖昧《あいまい》なものになっていく。ただ、笑顔はいつまでも、哀《かな》しく私の心を衝《つ》いた。

「職業当てクイズ」

群秋生が、酔った声をあげた。酔っているのは声だけで、ほんとうに酔ってはいない。死すれすれのところで、群秋生はいつも酔っている。

群の言葉の中には、カウンターでひとりで飲んでいるその男を、巻きこもうという響きがあった。男は、群の方をふりむき、にやりと笑った。その笑顔に、私は惹《ひ》きこまれるような気分になった。女の子がひとりその男についているが、いつものことだというふうに、白けた表情をしている。バーテンの宇津木《うつぎ》だけが、緊張した視線をその男にむけていた。

「不動産屋さん」

三人の女の子のうちのひとりが言った。誰が、と特定したわけではなさそうだった。ブースのひとつは群が占領し、もうひとつあるブースには、街のスーパーのオーナーとタクシー会社の社長がいた。

「建築屋」

「破産した株屋」

「偉いぞ、おまえ」

群秋生が言う。ただ株屋と言うだけでなく、なにか形容詞をつけると、群は喜ぶ。

「クリーニング屋の親父《おやじ》」

「資産家の、御曹司《おんぞうし》」

「パイロット」

「医者」

「映画俳優。それもパイプレイヤー」

方々で声があがった。カウンターの中にいる宇津木だけが、緊張した表情をしている。

私は煙草に火をつけ、店の中を見回した。このゲームは、もっと盛りあがりそうだった。

不意に、群の指が私をさした。

「スカウトマン。ただし野球でもなければ、サッカーでもない。クラブホステスのスカウトが中心だ」

「人を殺すことに後ろめたさを覚えて、職を失いかけている殺し屋」

言ったのは、群だった。興味のある人間がいる時、群は時々これをやる。どこかに節度があるらしく、巻きこまれた人間が感情を剝《む》き出しにしたことはない。

「いまのは、この男のことですよ。他人の人生の暗いところにばかり首を突っこみ、いつも塩辛い思いばかりしているので、ソルティと呼ばれています」

「なるほど、ソルティね。いい名前じゃないか」

男はそう言って笑い、カウンターの宇津木の方へ眼を戻した。

「シェイクしたドライ・マティニー。グラスをスノースタイルにして、ソルティに進呈したい。押しつけるものだから、飲もうが飲むまいが、本人の勝手だが」

「シェイクしてよろしいのですか、ドライ・マティニーを」

「映画でもあるぞ。ボンド・マティニーという。グラスはスノースタイルじゃないが」

群が口を挟んだ。宇津木は、緊張した表情を崩してはいない。シェーカーの用意をはじめたので、私は腰をあげ、カウンターのスツールに移った。一杯振舞われる人間として、おかしなことではないだろう。

並んで腰かけた私を見て、男はちょっと笑った。やはり、笑顔にたまらないなにかがある。五十絡みだろうが、老人と少年の眼差《まなざ》しが交錯する。髪には白いものが多い。がっしりした、鍛えた躰《からだ》つきだった。

「遠慮なく、一杯いただきます」

「ソルティは、海の男か。俺も、船をやるが」

「商売ですよ」

「ソルティ・ドッグ。こいつにゃ、船乗りという意味がある。潮にまみれて働くからな。なにも、人生は塩辛いだけじゃない」

塩辛さよりも、もっと激烈なことがある、と言われたような気がした。

「俺が進呈したニックネームの、ほんとうの意味を教えてしまいましたか。見かけによらず、教養人だな。もしかすると、大学教授というところかな」

群が、また大声で言う。

「申し訳ありません。ちょっと酔っていて」

「誰が？」

「誰がって、あのブースにいる」

「あの人は、酔ってはいない。俺に関心を持っただけさ」

宇津木が、緊張した顔でシェーカーを振りはじめた。束の間、その音が音楽も消した。今夜は、『てまり』はファドがかかる日で、アマリア・ロドリゲスが唄《うた》っていたはずだ。

「これ、『暗い艀《はしけ》』だな。なんとかいう映画で唄われた」

「それは、『過去をもつ愛情』というフランス映画ですよ」

また、群が口を挟んだ。宇津木が、シェーカーから、スノースタイルにしたグラスに液体を注いでいる。最後の一滴を振るようにして落とすと、宇津木はグラスを私の方へ押した。

手にとった。ひと口。不思議な味だ。雪に見立てた塩が、微妙に味をひきしめていた。もうひと口。まったく悪くなかった。

「うまい」

　三口で飲み干して、私は思わず言った。

「いいね。振り方はいい。今度俺がこの店に来たら、最初の一杯は黙っていてもシェイクしたドライ・マティニーを出してくれ。グラスはスノーにしなくていい」

「この塩が、効いているような気がしますが」

「効きすぎるのさ。味に、曖昧なところがなくなる。人生もそうだぜ、ソルティ。あんまり塩を効かせすぎるな」

　理由もなにもなく、不意に、私はこの男がたまらなく好きになった。

「俺の職業を当ててくれませんかね。さっきから失礼を申しあげすぎたんで、今度は肴《さかな》になりますよ」

　群が、冷めた声で言った。

「自殺し損い、アル中になり、それでも板を踏み続けている俳優」

「板を踏み続けている。たまらんな。舞台のことを板と言われたのですな。そんな言葉は、好きですよ。しかし、職業は当たっていない」

「当たっていると思うね。板を踏まなくてもいいのに、板を踏む。舞台からは降りられる。いや劇場にすら入らず、外のただの通行人でもいられる。それでも、板を踏んでしまう。そんなふうに切ない男だ、と俺は言った」

「切ない、ですか」

群が立ちあがり、男の左隣のスツールに腰を降ろした。

「群秋生と言います。日本より、国外での方が売れる小説を書いています」

「なるほど、群先生か。一冊だけ、俺は読んだ。愉快な話ではなく、暗い気分が襲ってきたが、読後はその暗さが透明なものになっていた。こういう世界もあるのかと、俺はちょっとばかり心が洗われた。失礼、川中良一《かわなかりょういち》と言います。N市に住んでいて、ここへは旅の途中というわけでね」

N市といえば、車で二時間ぐらいのものだろう。ここ二十年で、急速に発展した、新興工業都市だ。川中エンタープライズという会社があるのを知っているが、そこの川中ということなのか。

「失礼のお詫《わ》びに、一杯いかがです？」

「失礼と思ったら、ぶちのめしてるさ」

「ソルティもですか。こいつは多分、俺がぶちのめされるのを、黙って見てはいませんよ。バーテンの宇津木も」

「この若造どもが、俺を止めるだと」

若造扱いは、姫島の爺さんひとりで充分だったが、腹は立たなかった。そして、この男と殴り合いをしている自分の姿が、どうしても想像できなかった。

「宇津木、おまえずいぶん緊張しているな」

「そうなんですよ、若月《わかつき》さん。私は、こちらのお客様が入ってこられた時、須田《すだ》さんかと思いましてね」

「須田というのは、前のこの店のオーナーでしてね。つまりこのバーテンの前のボスです。死にましたよ。ソルティもそれに絡んでいて、いまだに自責の念が捨てきれない。それで、ソルティなんです」

私は、群が言うことを、黙って聞いていた。

須田を連想はしなかった。人が死んでいくのを見過ぎた眼をしている、と思っただけだ。須田も、確かにそういう眼をしていた。そして私も、そうなりつつあるかもしれない。

「どちらにお泊りですか、川中さん？」

私は、ブナハーブンを宇津木に指しながら言った。宇津木が、磨きあげたショットグラスをカウンターに置いた。

「ホテル・カルタヘーナ。ところでそいつはアイラモルトだな。俺にも一杯振舞ってくれないか？」

「お好きなだけ、どうぞ」

宇津木が、もうひとつショットグラスを出した。

「川中さん、ただの観光や保養じゃありませんね？」

「どうしてだね、先生？」

「この店は、ホテル・カルタヘーナの客が来るようなところじゃない。つまり、あそこで保養していて、ここで酒を飲もうとは思わない。そんなホテルであり、そんな店でね。それに、入ってきた時、川中さんの眼はとても憂鬱そうだった」

「確かに、憂鬱だったよ。解けかかった雪で街じゅうがぐしょぐしょだったし、居心地のよさそうなバーはなかなか見つからないし」

「こんな時、ホテル・カルタヘーナの客は、メイド付きの快適な部屋にいますよ」

「じゃ、俺はなにしに来たんだね、先生？」

「多分、トラブルを運んで」

「なるほど、丸見えってやつか。確かに俺は、この街にトラブルを運んできたのかもしれん。いつも、俺の背中にトラブルが張りついているからな。自分じゃ、うんざりしてるが」

「まだ生きてますよ、川中さん」

「こわいことを言うね」

川中が、ブナハーブンを鮮やかな手つきで口に放《ほう》りこんだ。酒の飲み方というやつには、確かに年季がある、と私は考えていた。群は、時には辛辣《しんらつ》だが、時には無駄なことをいつまでも喋り続ける癖がある。いまがどちらなのか、判別はつかなかった。

「人を捜すのなら、恰好《かっこう》の男がいますよ」

「まさか。こいつは、『ムーン・トラベル』といういかがわしいツアー会社の社長でしてね。事務所は、一応ホテルの中ですが」

「なるほど。船を運航しているのか」

私は、川中のグラスに、自分でブナハーブンをなみなみと注いだ。口に放りこむ鮮やかな手つきを、もう一度見てみたかった。

「群先生も、バートラム37をお持ちですよ。海の上じゃ、なかなかのものです」

「陸《おか》じゃどうだというんだ」

「御自慢の白いコート、汚れちまったんじゃないんですか？」

クロークなど当然この店にはなく、入口にコートをかける場所がある。群秋生の蛍光色を帯びた白いコートは、そこにかけられていた。

「一度、転んだ。まったくいまいましいが」

「つまり、陸じゃこんな人です、川中さん。街で飲んでいれば、の話ですが」

「剣道の達人かな、群先生は？」

「ほう、どうして」

「掌《てのひら》にタコがある。ゴルフとは違うようだ」

「居合いを、少し」

「ソルティかね？」

「それは、精神の集中のためかい？」

「いつか、人を斬《き》ることがあるだろうと思って。その前に、自分を斬るかもしれませんが。据物《すえもの》斬りなどをやって、自分の足を斬る人間が、よくいるんです」

「確かに自分を斬っているんだろうな、先生は。刀を抜いた瞬間、眼の前にいるのは自分自身なんだろう」

「鋭すぎるな、川中さんは。自分を責めて、生き続けてきたんですか？」

「先生が相手だと、先に斬っておかなきゃ斬られるからな」

川中が笑った。

グラスのウイスキーを口に放りこむ仕草を、私はじっと見ていた。

3 塩

亜美《あみ》は、眠っていた。

まだ言葉を喋らず、歩きもしない。寝顔を見て自分の娘だと実感できるようになったのは、最近のことだった。六か月になるが、人形のように軽かった。牧子《まきこ》は、標準体重よりいくらか軽いだけだという。

豊満な乳房を持っていたが、牧子の乳の出はかんばしくなかった。母乳はほとんど与えられず、亜美は生きてきた。私も、柄にもなく哺乳壜《ほにゅうびん》の扱い方を覚えた。

「あたし、そろそろ店に出ようと思うんだけどな。ベビーシッターで、信用できそうな人はいるし」

店と言っても、ただのコーヒー店だ。夜は酒も出すが、牧子がこだわって商売してきたのは、コーヒーを売る方だった。

私は、煙草に火をつけた。二の辻《つじ》のそばの、新築マンション。亜美が生まれたのを機に、牧子の籍を入れ、そこに新居を構えた。

自分の生活がそんなふうになったということが、私には信じられなかった。家庭など、一番遠いところにあったはずだ。

かつては東京でロックバンドのボーカルをやり、この街でもオートバイを乗り回すので、店は暴走族《ゾク》の溜《たま》り場になっていた。そういう女が、母になると変った。確かに、なにかが変ったと思う。そして俺も変るのか、と私はよく考えた。家に帰れば、必ず亜美の顔を見る。起きていれば、抱きあげる。街で人形などを見かけ、買ってしまったこともあった。

つまりこれが、流されるというやつなのだろうか。

仕事は、うまくいっていた。三十二フィートの古いパワーボートを売り、三十八フィートの新艇を買った。新艇の艤装が、いまは大きな愉《たの》しみである。蒼竜《そうりゅう》とレディ・Xという、ホテル所有の船の運航も順調で、ちょっとした遊びをやりたがる客のために、ランナバウトも新しくした。

私は服を脱いで風呂《ふろ》に入り、出てくるとダイニングキッチンの椅子《いす》に腰かけた。牧子が、ウイスキーにするのかビールにするのか、訊いてくる。簡単なつまみも、用意されている。出会ったころからは想像できないほど、牧子は家庭的な女になった。

「昼間だけなら、店もいいかもな」

「賛成してくれるのね」

「おまえを、束縛しようという気はない」

私はビールをグラスに注ぎ、肉ジャガに箸《はし》をつけた。

「売るコーヒーに、名前をつけてみようと思うの。豆の産地の名前じゃなく、ちょっとミステリアスなのを。一緒に考えてよ」

「俺に、そんな想像力があると思うのか？」

「そうよね。殺伐《さつばつ》な男だものね。だけど、父親らしくはなってきた、とあたし思う」

どこか、間違っている。こんなはずはないのだ。苦痛で、居心地が悪いということではない。むしろ、この生活の中に埋没してしまいたい、という思いがどこかにある。

しかし、いつまでもこれは続きはしないだろうという思いが、消えないのだ。

「飲むか？」

「うん、一杯だけ」

牧子が、グラスを差し出してくる。

いい母で、いい妻になる。それは、牧子にとっては間違っていないのか。どこかおかしいと感じることもなく、自分のありようを受け入れてしまうのが、女というやつなのか。それは、牧子でも変らないのか。

「おいしいね、寝る前の一杯のビールは」

それでいいのか、おまえ。その言葉をビールと一緒に呑《の》みこみ、私はテレビのリモコンのスイッチに手をのばした。

「雪、明日は解けるかな?」

「出かけるのか?」

「ちょっとS市に買物。デパートで揃《そろ》えておかなくちゃならないものがあるから」

「午前中は、やめておけ」

「氷結、ある?」

「多分な。トンネルを出たあたりは、危《やば》いと思う。高気圧だが、明け方は冷えこむはずだよ。午後には、解ける」

「じゃ、そうしよう」

この街で、大抵のものは揃う。特に高級品は、専門の店も多い。しかし船具屋はない。中古車屋もない。日用雑貨ではなく、ちょっと変ったものを手に入れようと思うと、S市のデパートに行かなければならないのだ。

逆に、S市から高級品を買いにこの街にやってくる者もいる。

テレビでは、お笑い芸人が転げ回ってなにかやっていた。私は、次々にチャンネルを変えていった。

「じゃ、あたしは寝るね。お皿なんか、そのままにしておいて」

私は頷《うなず》き、煙草に火をつけた。牧子が、ガウンのベルトを解きながら、寝室へ入っていった。煙草を一本喫《す》う間、私はぼんやりテレビに眼をやっていた。それから立ちあがると、ウイスキーの瓶を取り、ビールのグラスに足した。

そういう飲み方をしても、どこか自制が働く。

中途半端に酔ったまま、私は寝室へ入って亜美の顔を覗き、自分のベッドに潜りこんだ。ベビーベッドは、牧子と私の間に置いてあった。

翌朝、私はオフィスへ出ると、帳簿の点検をし、電話を二本かけた。

無線が入った。新しい帆のテストに出る、蒼竜の児玉《こだま》船長からだった。事務所には業務用無線が備えてあって、海に出ている船は定時連絡を入れることになっている。蒼竜は児玉のほかにクルーが二名で、シーズンになるとあと二名乗せる。

野中《のなか》が入ってきて、山崎有子《やまざきゆうこ》となにか喋っている。野中は四級免許しか持っていなかったので、これまでランナバウトしか操縦させなかった。去年の秋の終りに、散々苦労して一級免許を取った。自分が船長で、レディ・Xを出したくて仕方がないのだ。海用のオイルスキンを着て、盛んにデモンストレーションに来ていた。普段は、マリーナの倉庫兼事務所にいることの方が多い。

交信が終ると、野中はにやにや笑いながら私のところへやってきた。

「ランナバウトも新艇なんだ。そっちの手入れでもしていろ、野中」

私は煙草をくわえ、火をつけた。

「社長、俺をペーパードライバーにする気ですか?」

「仕方ないさ。レディ・Xは入渠《にゆうきよ》。シーズン前に、エンジンのオーバーホールをすることになってるんだ」

「わかってますよ、そんなこと」

「カリーナⅡは、おまえが腕をあげるまで、舵輪《ラット》を握らせる気はないね」

「免許がなかっただけで、腕の方は信用してくれてるじゃないですか。そりゃ何度も一級落ちましたけど、あの試験、天測計算なんてもんもあるからな」

「カリーナⅡは、とにかく俺がかわいがる。二百時間までは、誰にもラットは握らせない」

「そう言うだろうって、山崎さんにも嗤《わら》われたところですがね。ランナバウトは、磨けるだけ磨いちまったんですよ」

「おまえは、外側だけ磨く癖がある。そんなところが、暴走族《ゾク》あがりだな。エンジンの手入れなんか、やり足りないってことはない」

「やりましたよ」

「もう一度、やるさ。それも給料のうちだ」

私は煙草を消し、立ちあがった。

「どけろ、そのでかい図体《ずうたい》を」

野中を押しのけて、私は廊下へ出、ロビーを横切った。コーヒーラウンジの横の廊下からホテルオフィスへ入り、奥の部屋をノックした。

忍信行《おしのぶゆき》。みんなからビッグボスと呼ばれている、ホテルの社長だ。

社長室には、波崎《はざき》が来ていた。デスクに尻《しり》を載せた忍と、立って話している。ホテルだけでなく、この街のトラブル処理には、よくこの波崎が絡む。私は、相棒という感覚を、この男には持っていた。以前は、私もこの街のトラブル処理には大抵絡んでいた。

「よっ、ソルティ。カリーナⅡの具合はどうだ？」

軽薄な波崎の口調の裏側に、私は確実にトラブルの匂《にお》いを嗅《か》ぎとった。

「なんだ、ソルティ？」

忍が、デスクの椅子に戻りながら言った。

「蒼竜の、サンセットクルーズのことですがね。児玉は、盛大に火を入れるのをいやがってるんですよ」

蒼竜のサンセットクルーズは、人気が高かった。七十フィートの帆船だから、小さな船上パーティも可能である。いままでは、料理を積みこんで行ったが、料金をあげてコックを乗せると忍が言いはじめていた。

「帆走中にやれと言ってるんじゃない。入江に錨泊《びょうはく》してやるんだ。なんの危険がある？」

「まあ、児玉がいやだと言ってることを、報告に来ただけです」

「おまえは？」

「児玉がいやだと言えば、尊重しますよ。俺は今年のシーズンは、カリーナⅡで精一杯でしてね」

「児玉には、おまえが因果を含めろ。コックの修業には、悪くない企画なんだ。絶対にやるぞ」

「二、三回ゴネて、それから引き受ける。児玉のいつものやり方ですよ。いま、新品のセールのテストに出てます」

「なら、おまえのところでゴネさせろ、ソルティ。おまえが、ここへ来てゴネるな」

「いつもなら、そうしてます。ただ、かなり匂ったんでね」

「なにが？」

「トラブルでしょう」

忍が、噴き出した。波崎も笑っている。

「トラブルだったら、どうだと言うんだ?」

「俺にも、一枚嚙《か》ませてくださいよ」

「おまえは、女房子供を抱えているだろう。くたばっても泣くやつがいないのは、いまのところ波崎だけなんだ」

「俺が泣きますよ、社長」

「人を捜すだけだ、ソルティ。トラブルじゃない」

「誰を捜すんだ、波崎?」

「名前は秋山安見《あきやまやすみ》。男と一緒で、グレーの国産車に乗ってるはずだ」

「ああ、あのショートヘアの」

　きのうの朝、スタックしていた車。いい加減に言ってみたが、当たったようだ。

「知ってるのか、ソルティ?」

「ちょっとばかり」

「いつ、どこで会った?」

「俺に一枚嚙ませてくれますよね、社長?」

　忍が舌打ちした。波崎は、苦笑している。

「一枚嚙みたきゃ、そうしろ。そしてけだものみたいにくたばって、女房子供を泣かせろ」

忍が言った。

俺はやはり塩気が多すぎる、と私は思った。

4　ブルース

秋山安見がどういう女なのか、波崎は車の中で簡単に話した。N市にある、ホテル・キーラーゴの社長の娘だ。ホテル・キーラーゴは、料理も設備も整ったリゾートホテルとして、私も知っていた。ホテル・カルタヘーナほど超高級というわけではないが、その分成金の匂いもしないはずだった。

「男と一緒で、街から友だちが応援に来る、と言っていたんだな、ソルティ?」

「かわいくて、気の強そうな娘だった。それに較《くら》べて、男の方は線が細かったって気がする。街で見かけた記憶はない」

街の大きな通りは、ほとんど除雪されていた。昨夜まで道路の端に積んであった雪も、どこかに運び去られている。この街が本気で機動力を発揮すると、それぐらいはたやすい。ただ、西の植物園や別荘地のあたりは、まだ相当雪が残っているだろう。

「それで、どこから捜す?」

「この街じゃなく、S市だという気がするんだ、ソルティ」

「なぜ？」

「確信はないが、男の方はこの街の人間じゃないな」

「じゃ、わざわざ海沿いの道を、雪の日に走ってきた理由は？」

「わからん」

「男の名前は？」

「実は、それもわからん。秋山安見が、この街に来なければならない理由があったらしい、ということがわかっているだけだ」

「どんな理由だ、波崎？」

「おい、それまで、俺に喋らせるのか？」

「忍さんは、俺にひっこんでろとは言わなかった」

「そりゃ、そうだが」

「いいさ、依頼人から教えて貰うよ」

「おい、ソルティ。おまえ、なにを知ってるんだ？」

「なにも」

「けたくその悪い野郎だよ、まったく。秋山安見は、この街で事件を起こす可能性がある。とにかく、ひとりにすることを心配しているんだ」

「誰が？」

「だから、依頼人がさ」

「誰なんだ、それは？」

「おまえ、俺にカマをかけたのか。依頼人に訊くと言ったばかりじゃないか」

「俺が見当をつけている依頼人で、多分、間違いじゃないと思うが」

「誰なんだ、ソルティ？」

「川中良一。いま、ホテルに泊ってる」

「知らんな。忍さんから、そんな名前は出なかった」

「違うのか」

考えてみれば、川中がそんなことを人に頼むタイプの男だとは思えない。小娘ひとりぐらい、自分で捜そうとするだろう。ただ、川中がこの街に来ていることも、偶然ではないという気がする。

「別に、忍さんに口止めされてるわけじゃない。遠山一明《とおやまかずあき》という画家だよ」

私は、そういう名は知らなかった。意外に、波崎は詳しいのかもしれない。

「俺は、名前ぐらいは知っていた。N市に住んでいるらしい。忍さんと知り合いとは思わなかったが、社長室で八号ぐらいの小さな絵を見たことがあるような気がする」

八号と言って私にわかるのは、リールに巻くラインの太さぐらいのものだった。

「このまま長生きすると、文化勲章って玉だぜ」

「そうなのか？」

「こういうことに、絶対間違いはないということはないが、評価はそんなもんだ」

「その遠山って画家と、秋山安見ってのは、どういう関係なんだ。親は、ホテル・キーラーゴの社長なんだろう」

「そこまでは、俺にもわからん。大体、忍さんの言うことも漠然としているんだ。秋山安見を捜し出して、危険があったら保護しろってことだからな」

「つまり、どんな危険かもわからんってことなんだな」

「危険があるのかないのかもな」

雪の残った路地に入った。この通りの突き当たりに、この街で唯一のビジネスホテルがある。リゾートホテルは腐るほどあるのに、ビジネスホテルはかつて寮だった建物を改造したものが、一軒あるだけだ。

波崎はそこでちょっと聞き込みをすると、再びドミンゴ・アヴェニューから山際新道《やまぎわ》に出てトンネルにむかった。

波崎が転がしているのは、群秋生の家のガレージで眠っている、ジープ・チェロキーだった。ほかにマセラーティのスパイダーとジャガーがあり、稼動率が極端に悪いので、頼めば喜んで貸してくれる。普段の波崎の車は、ポルシェだった。

トンネルに入った。このトンネルが、この街とS市を繋《つな》ぎ、交通の条件は昔とずいぶん変ってしまったのだ。昔は、街に入るには、海沿いの道しかなかった。

トンネルを抜けると、道端には雪が積みあげられていた。路面にも残っているが、凍結はしていない。多分、夜明け前の数時間だけ、凍結したという程度だろう。

「まずいな」

「どうした、ソルティ？」

「女房が、デパートで買物をすると言ってた。午後だがな」

「それが、どうしてまずい？」

「俺がまた、悪い癖を出してトラブルに首を突っこんでいる、というのがばれちまう。そういうところ、あいつ鼻が利くからな」

「じゃ、なぜ突っこんだ。家で、子守りでもしてりゃいいだろうが」

「気になったんだ。なぜか、ひどく」

「ちょっと見ただけの小娘がか。そりゃ、トラブルに首を突っこむより悪いぞ、ソルティ。おまえの女房は、精神的な浮気でも、気づいたら許しそうもないからな」

「あの小娘じゃない。川中良一って男がだ」

「ふうん」

「群先生は、いままでにないような興味を示していたし、宇津木もひどく緊張していた。

俺も、痛いほどなにか感じたね」

「めずらしいな。おまえが感じるのは、胡散臭《うさんくさ》いとか怪しいとか、そんなことばかりで、なにかなんていう表現は、まるで似合わないやつなのにな」

「胡散臭くもない。怪しくもない。しかし、なにか感じる。ほんとなんだよ、波崎。魅《ひ》かれたって言った方がいいかもしれん」

「なるほど」

「呆《あき》れてるのか？」

「いや、俺も会ってみたい」

S市の市街に入った。

二十八階建の、でかいビルが見えてきた。姫島の爺さんの本拠だった。爺さんはそのビルに、姫島からヘリコプターで通っている。

「おまえ、なにか当てがあるのか？」

「ひとつだけ。秋山安見の、クラスメイトがひとりいるらしい。というより、実家があるってことだな。東京の大学だよ。一度、ホテル・キーラーゴに泊っていて、遠山一明のところにも遊びに来たらしい」

「その程度かよ」

「ないよりましさ」

住所は、多分調べているのだろう。波崎のハンドル捌《さば》きには、迷いがなかった。

市街地からちょっとはずれた、住宅街だった。平屋の、古い家の門の前で、波崎は車を停めた。庄田《しょうだ》という表札が出ていた。

「ここだ。おまえ、待ってろよ」

言って、波崎は車を降りた。

私は、煙草に火をつけた。初対面の人間に、私は必ずしもいい印象を持たれない。それは、自分でもわかっていた。

十分ほどして、波崎が出てきた。

収穫はなにもなかったようだ。

「秋山安見と一緒にいた坊やが、庄田って見当はついたのか、波崎？」

「はじめから、それはつけてない。庄田ってのは、女の子だ」

「そうか。じゃ、二人の車の応援に駈《か》けつける友だちってのが」

「それも違うな。庄田敦子《あつこ》は、どうも東京らしい」

「じゃ、もうなんの手がかりもなしってことか」

「もうひとつ、あるじゃないか、ソルティ」

川中良一。手がかりになるのか。

「ひどく難しいって気がするな。間違えると面倒になるぜ」

「おまえがそこまで言うんだ。俺は当面手は出さねえ。川中って男のことは、おまえに任せるよ」

波崎が車を出した。私は、グローブボックスからミュージックテープを引っ張り出し、デッキに突っこんだ。群秋生は、しばしばめずらしいテープを車に置いている。

「ひでえギターだ。それに、声も聴けたもんじゃねえ」

ブルースだった。それも相当古いやつだろう。レコードから落としているらしいが、ノイズがひどかった。

「なんて野郎だ？」

「わからんよ。群先生は、テープのケースに曲名なんか書きこむ趣味はないんだから」

「ブルースってやつだろう、これ」

「多分」

「前に、御託《ごたく》を聞かされたことがあるぜ、ソルティ。黒人の幻滅の唄《うた》だって言ってたような気がする」

「なんに幻滅したんだ？」

「自由にさ。つまり、奴隷が解放されて、全米に散っていった。自由っていう、甘い夢を与えられてな。ところが、やつら奴隷制より厳しい現実にぶち当たっちまった。それが、人種差別と貧困さ。自由なんて、言葉だけのものじゃないか。そんなふうに思った連中が、また街の隅に居住区《ゲットー》を作って、まとまって暮しはじめたのだ。そこで唄われたのが、ブルースである」

「御託と言う割りにゃ、よく憶《おぼ》えてるじゃないか、波崎」

「群秋生の作り話は、面白くて同時にほんとに思える。ほんとの話は、御託に聞える。ただ、これだけはなぜか心に残ってるんだ」

「ジャズみたいなもんだろう」

「ちょっと違う、と先生は言ったね」

「演歌と浪花節《なにわぶし》の違いか？」

「それも、ちょっと違うだろう」

「耳触りがいいってわけじゃないが、なにかあるような気もするな」

嗄《しわ》がれた男の声。老人のもののようでもあり、意外に若い力も感じさせる。

群秋生のどの車を借りても、大抵はミュージックテープが入っていた。群が、自宅で音楽を聴いているのは、見たことがない。

「ところでソルティ、今度のやつは匂うのか。でかいトラブルになるって？」

「俺は、川中って男が絡んでいたら、とんでもないことになりそうな気がする」

「入れこんだもんだな。おまえにそれだけ入れこまれると、川中って男は死にかねん」

「疫病神ってやつか、俺が」

「おまえ、もう女房子供を抱えてるんだぜ」

「そういう自分が、信じられないような気分に、よくなるんだ」

「とにかく、川中となんかある時も、必ず俺を呼べよ」

車はS市の市街を抜け、トンネルへむかう道に入っていた。

「当面川中を俺に任せると言ったが、おまえはなにをやるんだ、波崎？」

「ひとつだけ、収穫があった。秋山安見が、去年の夏に、庄田敦子の家に遊びに来ている。街へも、見物に行ったそうだ。大学生で泊れるホテルなんてないが、レストランは揃ってるからな。行った先も、二つばかりわかった。とりあえず、そこを当たってみる」

「まあいいか。少し拡《ひろ》がりが出てから、お互いの情報をすり合わせよう」

トンネルに入った。

血が騒いでいる。そんな気分だ。そしてそれは、私にとって久しぶりのことだった。

5　バラの色

川中良一は、ホテル・カルタヘーナにいなかった。部屋はキープしたままで、午前九時にはレンタカーをピックアップし、外出したという。

事務所には、川中からのオファーが入っていた。明日、半日のクルージングというものだ。寒い季節に、どこをクルージングするというのだ。オファーは、クルーザーを一艇押さえただけで、行先などはなかったようだ。

私は渚ハーバーへ行き、まずカリーナⅡの出港準備をした。艤装の途中のものを片付け、キャビンの暖房が入るか確認し、燃料の量を調べた。

それから、ハーバーのレストランで昼めしを食い、事務所兼倉庫へ行った。

児玉が、ウインチのキャンバスカバーの縫い直しをやっていて、野中が手伝わされていた。

「明日、カリーナⅡを出港させる。乗せてやるぞ、野中」

「どうせ、舵輪《ラット》は握らせてくれないんでしょう。釣りですか？」

「いや、仕事だ。客が入った」

「まあ、明日の天気は問題ないだろう」

老眼鏡をはずし、児玉が煙草に火をつけた。白い髭《ひげ》を蓄え、潮焼けし、ヘミングウェイみたいだと客に言われると、肩を竦《すく》めながらも、ちょっとばかりサービスして船をヒールさせたりする。

「海況《かいきょう》は確かに悪くないだろうが」

「フライブリッジのオーニング、あれは開けろよ。視界が悪いってのは、船じゃ致命傷だ。ほんとなら、取り払った方がいい」

「いまは、いいビニールがあるんだよ、児玉さん。まあ、俺は開けるがね」

私は、縫いかけのキャンバスカバーを手にとった。蒼竜の艤装は、あまり傷まない。まめにキャンバスカバーを交換したりして、湿気を防いでいるからだ。二本マストの七十フィートのケッチ型ヨットは、児玉の命のようなものだった。私の会社での売上げも、当然ながら蒼竜が図抜けている。

「ところで、野中。おまえレンタカー屋に友達《ダチ》がいたな。今朝、川中という男がどういう車を借りたのか、調べてくれないか？」

「川中ですね」

児玉から解放されるのが嬉《うれ》しいのか、野中は電話をかけに出ていった。

「コックを乗せたパーティはやれとさ、児玉さん」

「まあ、あの社長が言い出したら、聞かんとは思っていたがね。遊覧船じゃないんだ。世界の、どこの海にも行けるヨットだぞ」

「わかってる」

「新しいセールを買うことを、あの社長に認めさせてくれた。俺の方が折れるべきかな」

「どうだったんだね、帆の調子は？」

「悪けりゃ、こんなところにいない」

「いい船になっていく。俺はなんとなく、船をどう扱えばいいのか、あんたに教えられているような気がするよ、児玉さん」

「おまえだって、なかなかのもんだ。船底塗料は、自分で塗ったそうじゃないか」

「塗料の塗り方ひとつで、スピードも燃費も変ってくる。前の船で、そのことがよくわかったからね」

「荒っぽいことに首を突っこんで暴れたりしなけりゃ、おまえもいいシーマンなんだが」

煙草を消し、児玉が老眼鏡をかけ直した。

野中が戻ってきて、メモを私に渡すと、すぐに出ていった。

「うまく逃げたな、野郎」

「まあ、いてもあんまり手伝いにゃならん。こんなもんは、年寄りがやりゃいい作業さ。それより、レディ・Xの具合は？」

「エンジンのオーバーホール。二千時間保《も》ったんだ。頑張った方だろう」

「野中は、もう一度鍛え直せ、若月。それで、いい船長になる」

「それも、あんたに頼もうと思ってた」

「俺ができることはやるが、こっちはヨットだ。パワーボートも馴れさせるんだな」

頷き、私はそこを出て、車にむかった。

出港している船は、あまりいないらしい。群秋生のバートラムも、カバーで覆ってある。

私は車を出すと、街の中の南北に通った道路から流しはじめた。川中は、ありふれた国産車を借りていたが、車種と色とナンバーがわかっていれば、見つけるのは難しくなさそうだった。

三十分ほど走り回ったところで、見つけた。車だけだ。『エミリー』の前だった。

私は車を降り、『エミリー』に入っていった。生花の匂いに満ちている。須田美知代《みちよ》は、客と外出した、と店員の女の子が教えてくれた。川中のようで、美知代の運転する軽トラックに乗って行ったという。

行先の見当はついた。

私は日向《ひなたみ》見通りから神前《かんざき》川を渡り、植物園に入っていった。神前川の西側は、まだ雪が残っている。植物園の道の中に、軽トラックのものらしい轍《わだち》だけがついていた。

軽トラックは、バラ園の作業小屋のところに駐まっていた。この作業小屋では、かつて山南《やまなみ》という男が暮していた。ナイフ遣いで、転がりながら相手のアキレス腱《けん》を切り、動けなくしてから仕留める技を持った、殺し屋だった。山南が死んでからは、ただ作業小屋として使われているだけだ。

美知代と川中の姿が、バラ園の中にあった。

私は、足もとを気にしながら、近づいていった。このバラは、すべて山南が育てたものだ。山南はいつも、バラを薔薇《ばら》と漢字で書いていたが、死んでからは誰も漢字を使いたがらなくなった。殺し屋と薔薇。似合っているとも、奇妙な取り合わせとも思えた。

「ソルティか」

川中がふりむいて言った。作業小屋に残っていた山南のものを借りたのか、川中はゴム長靴を履いている。

「奥さんに、冬の剪定《せんてい》のやり方を教えて貰っていたところだ」

いま、バラは休眠期で、葉もすべて落としてしまっている。冬の間の手入れが大事なのだと、山南はよく言っていた。

美知代は、私の方を見てちょっと頷いただけだ。手には、剪定鋏《ばさみ》を持っている。

「剪定して、新しい枝を出させる。それで、バラの株は若返るんだそうだ。土壌の改良など、冬の間にやるらしい。まめにやると、株は病気にも強くなる」

「川中さん、バラに関心があったんですか？」

「いや」

「なのに、わざわざバラ園に来て、見学ですか？」

「悪いか、ソルティ？」

「別に。ただ、どういうことなんだろう、と思いましてね」

「おまえ、花がどうしてきれいに色づくのか、考えたことはないのか？」

「花だからでしょう」

「まったくだ」

川中が、白い歯を見せて笑った。

「花だから、色づく。わかりやすい男だよ、おまえは。そんなのは、嫌いじゃないぜ」

「いま、正しい剪定をしておけば、春の一番花が見事に咲くんです。それが、色も一番いいと言われてる。それから晩秋のバラですね。とにかく、冬の間に灰などを土に混ぜてやるんです。根を強くするために。そうやって土壌を改良してから、有機肥料をやればいい。太い枝が伸びてきて、そこに一番花がつくんです」

「詳しいな」

「このバラ園は、友だちが作っていましてね。何人も殺した男だったんで、赤いバラを見ると血の色かと思ったもんですよ」

「血の色のバラか。それは、ちょっとありふれている」

美知代は、なにも言わず、バラの枝に触れながら、時々鋏を使っていた。その音が、雪の中でやけに大きく響いた。

私がなぜここに現われたのか、川中は訊こうともしなかった。

「軽トラックに川中さんが乗っているのを見かけたもんで、ここだろうと思いましてね。明日、クルージングのオファーをいただいてますが、どういうのがお好みか、昼食が必要かとか、うかがっておこうと思ったんです。準備がありますんで」

「なにもない。船さえ出してくれりゃいい」

「どちらへ行かれます？」

「姫島」

「それはちょっと」

姫島と聞いて、美知代の鋏の動きが束の間止まった。

「姫島の観光をなさりたいというなら、見当違いです。あそこは、そんな島ではありませんよ。それに、手前に海流がぶつかる難所があるんです」

「ソルティ、おまえ、プロだろう。なら、俺の言うことに文句はつけるな。高々、二十キロほど沖へ出るだけじゃないか」

「上陸はできません」

「それが、おまえになんの関係がある」

言われれば、その通りだった。難所はあるが、姫島まで危険なコースというわけではない。言われた通りに走るのも、私の仕事のうちだった。

「土壌改良に、なぜ灰を撒《ま》くといいんだ、ソルティ？」

「さあ、そこまでは」

「土質を、弱アルカリ性にするんです。それで、土の中の菌がだいぶ大人しくなりますわ。有機肥料をやるのも、あまり強酸性にしたくないからです」

美知代が、腰をあげて言った。山南が死んでからも、このバラ園は変りがない。

「どれにいたしましょうか？」

「任せますよ。色だけ、決めてもいいかな。黒ってのは？」

「ほとんど、臙脂《えんじ》だと思っていただければいいんですが、気温があがると赤くなります。夜の冷えこみが、バラの色を際立たせますわ。だから、真夏には花をつけさせないのが、露地栽培では理想的なんです」

「黒と黄色。それにレディ・Xというブルーローズ」

「よく御存知《ごぞんじ》ですわね」

「だから、その娘に聞いたんですよ」

なにが話されているかわからなかったが、私は黙っていた。美知代が、枝に目印のようなテープをつけはじめた。全部で、三十株あった。

「一週間以内に、お届けできると思います。動かすなら、いましかありませんから」

川中は、バラの株を買ったようだった。

それで関心を失ったように、作業小屋に戻り、靴を履き替えた。ジャケットはラフなもので、その上に渋いコートを羽織っている。

「帰りは、俺の車にどうぞ。明日の、大事なお客様ですから」

「そうしてくれる、若月さん。あたし、もうちょっと剪定しておきたいから」

美知代は、私のことを決してソルティとは呼ばなかった。ソルティと呼ばれると私は気分を害するが、呼んで欲しいと思う人間も、この街に何人かいた。美知代も、その中のひとりに入っている。

川中は金を払い、領収証はいらないと言って、私の車の方へ歩いていった。

「なんですか。N市でバラ園でも作るんですか」

「ホテルの庭で咲かせる」

「ホテル・キーラーゴ？」

「おう、秋山のホテルは、S市にまで聞えていたか。あのホテルにはほとんど欠点はないが、庭にあるのが蔓《つる》バラだけだ。秋山は俺などと較べるとずっと紳士だったが、花の色や匂いには関心がなかった」

「過去形でおっしゃってますね。俺の記憶じゃ、社長は秋山って人でしたが」

私は、車のエンジンをかけながら言った。

「秋山菜摘《なつみ》。万葉集からとった名前だそうだ。俺の友だちだった男の、女房さ」

「秋山安見は、その娘というわけですね」

煙草に火をつけようとしていた川中が、ライターを消して私の方に眼をむけた。私は車を出し、ゆっくりと植物園の中の道を走らせた。

「安見は、秋山の娘で、フロリダで生まれた。母親が殺され、父と娘という恰好で日本に戻り、N市に流れてきた。だから、ホテルの名前がキーラーゴさ。菜摘と再婚し、しばらくして秋山は殺された。だから、菜摘と安見は、血の繋がりはない。強すぎるほどの、母《おや》娘《こ》の絆《きずな》だがね」

「そしていまは、秋山菜摘はほとんど川中さんの女房ってわけですか？」

「娘に対する感情がどういうものか、俺は知らん。ただ、パパみたいだ、と安見にはよく言われる。もうひとつ言っておくと、菜摘は、彼女の人生における最後の男が、俺の友だちだった秋山だな」

「そうなんですか、じゃ、遠山一明は？」

「ぶちのめすぞ、ソルティ。遠山先生は、まあ、安見の爺さんのようなものだ。通俗的な邪推は、俺は好かん。おまえがなぜ安見の名前を知っているかというところから、詳しく喋って貰おうか。俺は五十一になるが、これまでの人生で、おまえみたいな若造を、何人もぶちのめしてきた」

「知ってることは、全部喋りますよ、川中さん」

植物園を出て、神前川を渡った。まだ、午後四時になっていなかった。

「喋りますが、実のところほとんどなにも知っちゃいないんです。ちょっと俺の船に行きませんか。明日乗るやつです」

「いいだろう」

私は、神前川沿いの狭い道に車を入れた。

6　獣

サンチャゴ通りに新しくできたカフェで、コーヒーを飲みながら喋《しゃべ》った。私が喋ることに、それほど大きな意味はないはずだった。知っているのは、今朝からのことだけなのだ。むしろ、川中の喋ることの方が、私の情報になった。

「おまえが、俺から引き出したものの方が多いだろう、ソルティ。だからってわけじゃないが、この街について、少し教えてくれ」

「別に、大した街じゃありませんよ。昔は、小さな村だった」

私は、久納《くの》一族について、少し喋った。この街の人間は、多かれ少なかれ、久納一族との繋《つな》がりを持っている。この街全体が、久納一族のものという言い方も、過言ではないのだ。しかも一族の中がばらばらで、長老である姫島の爺《じい》さんがいなくなれば、たちまち収拾がつかなくなるだろう。

姫島の爺さんは、こんな街は消えてなくなった方がいい、と思っている。

「そんなところに、川中さんは明日行こうとしているんですよ」

「愉《たの》しみだな。俺は、頑迷《がんめい》な老人というのが嫌いじゃない。会うと、皮肉のひとつも飛ばしてしまうかもしれないが」

会えるわけがない、と私は思ったが、なにも言わなかった。カリーナⅡを姫島の波止場に着ければ、爺さんは船を見るために出てくるかもしれない。

「それで、川中さんも、秋山安見を捜しているんですね？」

「捜しているというのとは、ちょっと違う。いま、俺の安見に対する感情を説明しよう、とは思わないが」

「死んだ友だちの、娘ですか」

川中は、窓の外の通りに眼《め》をやっているようだった。眼の奥に宿る光は、どうしようもなく暗い。しかし視線が合うと、なにかはかないような明るさに、その眼は満ちるのだった。

五時を回ったころ、私と川中は腰をあげた。

私は川中を、レンタカーを駐《と》めた場所まで送り、一度家へ帰った。

牧子はまだ食事の仕度をしているところで、私は亜美を抱いてしばらくあやしていた。

血の繋がりとは、なんなのか。最近、よくそれを考える。一見新しそうに思えるこの街も、血が複雑すぎるほどに絡み合い、ほとんど因習《いんしゅう》とも呼んでいいようなものが、時々顔を出す。

「デパート、行ったのか？」

「うん。思っていたものの、半分ぐらいしか買えなかったけど。買物をしながら、主婦になってしまっているなあって思った」

「俺も、夕めし時になると、仕事が残っていても一度家へ帰ってくることが多くなった。まったく、この小さな命の塊のせいだよな」

「出かけるの、また？」

「明日、船を出す。チャーターがひとつ入った」

「めずらしいのね、この時期」

「どこにも、もの好きはいるらしい」

亜美が泣きはじめたので、私はオムツを替えた。それで、亜美は機嫌がよくなった。ダイニングのテーブルに、育児書が置いてある。離乳食をいつから与えるかと、牧子が悩んでいたことを、私はなんとなく思い出した。

もう一度家を出たのは、八時前だった。

私はジャケットにコートではなく、セーターの上に革ジャンパーを着こんでいた。

波崎と、『てまり』で会うことになっていた。

ドアを開けると、カウンターにひとり男がいた。ジャズが低く流れていて、男はその音を、背中で撥《は》ね返しているように見えた。

カウンターの中で、宇津木が極度に緊張しているのがわかった。昨夜、川中がいた時の緊張とは、また少し違うようだ。それほど、胆《きも》の小さな男ではない。だから緊張しているのだ、ということもよくわかった。

男は、やくざではない。そういう匂《にお》いはまったくないが、別種の兇暴《きようぼう》さを全身に潜めているような気がした。触れなければなんでもなくても、触れれば火傷《やけど》をするという感じだ。

私は、スツールをひとつ置いて、カウンターに腰を落ち着けた。私の前に出されたブナハーブンのボトルに、男はちょっと眼をくれた。男がくわえた煙草《たばこ》に、宇津木が火を差し出す。

私と変らないぐらいの年齢だろうか。店の中の空気はひどく硬いが、それを気にした様子も男にはなかった。女の子たちは、ブースにいて小声でお喋りをしている。

「もう一杯」

男の唇はほとんど動かなかったように見えたが、声ははっきりと聞き取れた。男はワイルド・ターキーのオン・ザ・ロックで、宇津木は新しいグラスに慎重に大きな氷を入れていた。

「前のグラスでもよかった」

やはり、男の唇は動いていないように見えた。声だけが、低いがはっきりしている。

「角を削り落とした大きな氷が、当店の売り物でございまして」

そんな話を、私は聞いたことがなかった。確かに宇津木が入れた氷は、角が削り落とされ、丸い感じになっている。

「俺にも、オン・ザ・ロックだ。角の取れた丸い氷でな」

一瞬、宇津木は私を睨《にら》んだが、黙ってグラスを出した。氷の角を、アイスピックのボトムで軽く叩《たた》き、器用に落とした。

「そんな技、いつ覚えたんだ、宇津木？」

「いつも、こうやってお出ししていませんでしたか？」

「そうだったかな」

「せっかくですから、気をつけて飲んでくださいよ」

会話は交わされているが、店の空気は動かなかった。

酔ったふりをした群秋生が、ドアを蹴《け》るようにして入ってきた。

「おう、このところ、連夜だな。職業当てクイズをやりたくなるようなお客さんが、カウンターにいるのは」

「俺は、ただの船乗りですよ、先生」

「そうだったかな。このところ、みんな都合のいい職につく。転職しても潰《つぶ》しがきかんのは、小説屋ぐらいのもんだ」

「私は、バーテンです。私も、潰しはききません」

男が言った。群に話しかけたという感じだったが、群は無視して、奥のブースに倒れこんだ。

「人には、愉しみってやつがある。職業当てクイズは俺のそれでね。バーテンだと、当てようとしているところだった」

「それは、申し訳ないことをいたしました」

「川中さんを待っているなら、来ないぜ。ここからずっと日向見通り寄りの『パセオ』って店にいる」

「そうですか」

男が、群の方に顔を見せて、軽く頭を下げた。自分が睨みつけられたような気分になり、私は一瞬身構えかかった。男は、静かにグラスに手をのばしている。

川中を待っている、とどうして群が見抜いたのか、私は考えはじめた。男が、静かにグラスを傾けた。それから、変らない口調で、宇津木に勘定を頼んだ。

「ありがとうございました」

スツールを降りた男が、もう一度群に頭を下げ、出ていった。

宇津木が、大きく息を吐いた。

「また、獣が一頭迷いこんできたか。まあ、この街にも二、三頭はいるが」

群が呟《つぶや》いている。

波崎を待たずに『パセオ』へ行こうか、と私は考えていた。

7　姫島

かなり強い北西風だった。

姫島にむかうには完全に追風で、波はそれほど苦にならなかった。時々船体が波に乗り、サーフ状態になる。持ちあげられ押される、というより引っ張られるという体感がある。波高は二メートルから三メートルで、海況《かいきょう》は悪くはないが、静かな海というわけでもなかった。

私はフライブリッジの、前方三か所のオーニングを巻きあげていた。いまのところ正面だけで充分だが、沖の瀬を通る時は三角波が襲ってくるので、視界は広い方がいい。

「この新艇の乗り心地がよくなるのに、あと百時間は必要だな」

川中が、計器パネルを覗《のぞ》きこんで言った。暖房の入ったキャビンにいるように勧めたが、吹きっ晒《さら》しに近いフライブリッジの方が、性に合っているらしい。ただ、私が艇を大事にシェイクダウンしていこうと考えているのがわかるのか、舵輪《ラット》を握らせろとは言わなかった。

「航海計器のシェイクダウンはもう終りつつあります。各部の増締《ましじめ》は、二度もやっていますしね」

「メーカーが規定しているシェイクダウンが終って、七、八十時間はかかる」

「なにがです？」

「船が、完全に自分のものになった、と思いこめるまでさ」

川中は煙草に火をつけ、灰皿をナビゲーターシートの方へ引き寄せた。

「この先に、荒れるところがありますよ、川中さん。沖の瀬と呼ばれてるところですが」

「この凪は、すぐに弱くなる。帰りは、むかい風でも、多少は楽だろう。凌波性《りようはせい》のテストには、いい機会じゃないか」

「この船の凌波性は、ちゃんと摑《つか》んでますよ。船体《ハル》の詰めは、国産艇みたいに甘くない」

「国産にも、いい船はあるぜ」

「川中さんが所有しておられるのは、国産艇ですか？」

「いや、ブラックフィンだ。三十八フィートの」

「そいつは、すげえや。群先生のバートラムといい勝負だ」

高性能の戦闘的なフィッシングクルーザーだった。三十八フィートには過剰と思えるほどの、大きなエンジンを載せている。トローリングを中心にしたスポーツフィッシングをやる人間には、バートラムと並んで憧《あこが》れの船だ。私もそのどちらかを買いたいと思ったが、予算が追いつかなかった。

「船は、乗る人間だぜ、ソルティ」

「ブラックフィンに乗ってるから、言える科白《せりふ》ですよ、それは」

「いや、乗る人間だ。人と一体になった船かどうか、沖に出てみりゃすぐにわかる。そして、おまえの船は悪くない」

舵輪を握ってくれ、と思わず私は言いそうになった。惚《ほ》れた女をほめられて、抱いてくれと言っているようなものだ、と思い直した。不思議な男だ、とまた思った。

「川中さん、秋山安見が、姫島にいるなんて考えちゃいないでしょうね?」

「どこかには、いるさ」

「姫島には、いません」

「はっきり言うだけの、理由はあるんだろうな?」

「爺さん、つまり久納義正《よしまさ》の島だからです」

「そこは日本じゃないのか。上陸するのに、パスポートでも必要なのか?」

私は、ちょっと肩を竦《すく》めた。川中なら、姫島の爺さんと咬《か》み合わせると、面白いかもしれないという気がする。しかし、爺さんより前に、水村が出てくるのだ。やはり、上陸できるとは思えなかった。

「もうすぐ、沖の瀬です」

フライブリッジに昇ってきた野中が、わかりきったことを言った。キャビンにいるのが、つまらなくなってきたのだろう。昼食は、ハンバーガーを焼けばいいようになっている。

ほかになにか考えろと言ってあったので、サラダぐらいは用意しているはずだ。

「ここ、結構な難所でしてね」

野中が、川中にむかって言う。

「素人には難所ってだけのことだ、若いの」

川中のもの言いが姫島の爺さんに似ていたので、私は思わず口もとで笑った。

船の揺れが、細かくなった。うねりもあるが、小さな三角波もある。うねりに揺られながら、三角波で震動するという状態だった。川中は、それを気にした様子もなく、姫島の島影に眼をやっていた。

「あれは、頑固な島ですよ、川中さん」

「俺には、のどかな島に見えるね」

「ひとつの山が島になってるように見えますが、上は平坦《へいたん》で、ヘリポートもあります。海抜《かいばつ》二百メートルぐらいですかね」

「ヘリコで通勤ってのも、粋《いき》なやり方じゃないか、ソルティ。あの金ぴかの街を飛び越しての話だからな。俺はそういうことが嫌いじゃないんだ」

「船が入れられるのは、一か所だけです。漁船が十艘《そう》ってとこかな。ほかに、三百トンのメガ・ヨットもいますが」

軽いジャブを打たれているような震動が続いた。私はしばらく、操船に集中した。小さな震動は仕方がないが、大きな震動は避けたい。これから、客を乗せて稼いでいく船なのだ。

沖の瀬を抜けると、震動は嘘《うそ》のように収まった。川中は平然としている。海に馴《な》れていない人間は、この海況の変化だけでも、感嘆の声をあげるものだ。

「川中さん、上陸するつもりですか？」

「当たり前だろう。島まで来たんだ」

「しかし」

「おい、若いの。舫《もや》いの用意。それから、フェンダーもな」

野中が、私の顔を見た。私も、仕方なく頷《うなず》いた。上陸できるとは思えないが、客の註文《ちゅうもん》というやつだ。

波止場の入口が近づいてきた。

ラ・メールは、いつもの位置に停泊している。防潮堤からなにから、すべて爺さんの私財で造ったものだというが、ちょっとした漁港よりよくできていた。

私は、減速し、船を港に入れた。

岸壁に、まずドーベルマンが三頭姿を現わした。それから、水村が出てくる。

「おい、若いの。船首《バウ》から舫いを投げろ。あいつが取ってくれるだろう」

野中が、また私を見た。私は、眼でやれと合図した。どうなろうと、川中が望んだことだ。ドーベルマンをけしかけられ、腰を抜かす川中を見たくはなかったが、この島での掟《おきて》のようなものだ。岸壁に、船体を寄せていった。野中が投げた舫いを、水村は蹴とばしたりはしなかった。素速く取って繋船柱《ビット》に巻きつけると、船尾《スタン》にいる川中に軽い会釈までしたのだ。そんなことをする水村を、私はただの一度も見たことがなかった。

船尾の舫いは、野中が岸壁に跳んで取った。ドーベルマンが襲いかかってくることを警戒していたが、三頭とも大人しく伏せていた。

「お待ちしておりました。会長は船におりますが」

水村のこういう言葉遣いも、いままであまり聞いたことはない。待っていたということは、川中が爺さんに連絡していたのだろうか。二人の接点も、私が思いつくかぎりではなかった。

「変らんな」

川中が、水村に発した最初の言葉だった。

「変りようがないんです、俺は」

「死ぬぞ、あの馬鹿野郎みたいに」

「川中さん、馬鹿と思っちゃおられないでしょう」

「生きてりゃ、言ってやる」

「どうぞ。会長のところへ、御案内します」

二人が歩きはじめた。三頭のドーベルマンは、大人しく後ろを歩いている。ラ・メールは、私が接岸したのとは反対側の岸壁に巨体を横たえていて、港を迂回《うかい》して歩いている二人の姿が、フライブリッジからずっと見えていた。

「どういうことなんですかね、これ。あの川中って客は、爺さんの知り合いってことになるんですか？」

「そういうことだな」

「それにしても、水村の野郎も、ただ客を迎えてるだけのようには見えませんでしたぜ」

「俺に訊《き》かず、水村に訊け」

「無視されるか、一発蹴りあげられるかだな。無理して訊こうとは思わないですよ」

「俺もさ」

「また、なにか起きるんですかね？」

「どうして、そう思う？」

「街におかしな男がやってくると、大抵はトラブルだ。そして、俺たちが駈《か》り出される。いつものことじゃないですか」

野中がさらになにか言おうとするのを無視し、私はフライブリッジを降りた。エンジンは切ってあるが、発電機は軽い唸《うな》りをあげている。私はキャビンの窓を開け、電熱プレートに鉄板を載せた。冷蔵庫は、かなり大型のものが付けてある。場合によっては、十人分を二食作らなければならない時もあるからだ。

熱くなった鉄板に、私はハンバーグを置いて焼きはじめた。キャビンの物入れには、さまざまなものが置いてある。数種類の洗剤、ワックス、脱臭スプレー。

鉄板を洗った私が、洗剤でプレートの間を磨き、それから脱臭スプレーを撒《ま》き、ゴミをきれいに始末する姿が、まざまざと思い浮かんだ。間違いなく、私はそれをやるだろう。以前なら意に介さなかったことを、まめにやるようになっている。悪いことかどうかは別として、自分らしくないという気が、いつもつきまとう。結婚し、子供もいる。それが、ほんとうに自分らしいことなのか。

どこかで、ボロ屑《くず》のように一生を終える。そう思って生きていた。いまも、それは変らないという気がする。そのくせ、船を磨きあげる。商売の計算が頭から離れず、減価償却などという言葉がたえず浮かび、客には愛想《あいそ》笑《わら》いもしている。女房が作っためしを食うために家に帰り、子供を育てるためには庭が必要だ、などと考えてもいる。

ハンバーガーをひとつ野中に渡し、私はフライブリッジにコーヒーを持ってあがった。船の中では、ここが一番落ち着く。

二時間近く経《た》って、川中の姿が現われた。爺さんと一緒だった。水村が少し後ろから三頭のドーベルマンを連れて歩いている。

二人は、時々言葉を交わしているだけで、話がはずんでいるようには見えなかった。そのくせ、どこか父と子というような雰囲気がある。

そばへ来ると、爺さんは船の外観を眺めはじめた。川中は、水村と短い言葉を交わしている。

「おい、若いの。乗船許可を求める」

爺さんが言った。このあたりは、昔、海軍の軍医をしていた、という名残りだろう。決して、無断で乗ってこようとはしない。

「許可します」

私が言うと、爺さんは船に乗りこんできた。細かいところを、ひとつひとつ見ている。私が自分で取り付けたハンドレールなど、実際に握ってみたりしていた。キャビンを見、ギャレーやシャワールームを見たが、なぜか船首《バウ》のベッドルームだけは見なかった。プライベートな空間と判断したのかもしれない。

フライブリッジに昇ると、爺さんはクラッチを二、三度動かし、航海計器の位置を確かめるように、ちょっと背を反らせた。

「なかなかの船じゃないか、若いの」

「まあ、俺にはこの程度かな、と思ってます。四十フィートを超えてる方が、商売には都合がいいんですが」

「買っちまった船だろう。余計なことは言うな」

まったく、私は余計なことを言いすぎる。私の商売に、爺さんはなんの関係もないのだ。

「おまえ、自分でトローリング用のルアーを作るそうだな」

「多少、自信はあります。材料さえあれば、作って差しあげますよ」

「材料はある。瀬名島《せなじま》から、夜光貝を送ってきた。肉厚の真珠層がある」

瀬名島と言った時だけ、爺さんはちょっと恥しそうな表情をした。瀬名島に、高校を卒業するぐらいの爺さんの息子がいる。噂《うわさ》として、私はそれを知っていた。

「夜光貝なら、極上のルアーができあがりますよ。ぜひ、作らせてください」

「大物用を、ひとつだけでいい。そのうち、水村に届けさせる」

「わかりました」

「それから、船をきれいにするのはいいが、命はエンジンだ」

「そちらの方は、船体《ハル》より自信があります」

「まあ、営業用なら、よく動かすだろうし、普通のプレジャーボートよりましか」

「ラ・メールのエンジンは、なにを？」

「マンの、二千八百馬力を二基だ」

「すげえ」

マンというのは、メルセデスベンツの、マリンエンジンのことだった。故障は少ないと言われている。

「わしは、時々走行中にエンジンルームに降りてみる。音の異常は、そこが一番よくわかる」

「俺も、そうしてみます」

「なかなかのものだ、若いの。エンジントラブルだけは、お互いに避けたいからな」

「群先生にも言っておきます。会長にほめられたと」

「群先生は、あれでなかなかのシーマンだ。おまえとは、キャリアが違うぞ、若造」

「キャリアだけは」

「違うな。群先生は、小笠原《おがさわら》まで二度行っている。五百リットルの予備タンクをひとつ積みこんで、行けるか行けないかだ。それを二度だ。半端な腕ではないぞ、若いの」

「はあ」

群秋生が、ほとんど私の船と同じ大きさの船で、二度も小笠原へ行ったというのは、初耳だった。行けと言われても、いまの私なら行かないだろう。

群秋生は死にたがっている、という言葉が出かかったが、私は口を噤《つぐ》んだ。死にたがっている作家のことは、久納義正の方がずっとよく理解している、と思えたからだ。私は、ビリヤードやダーツを付き合う、都合のいい人間にすぎないが、久納義正は違うという気がする。

「川中さんとは、お知り合いだったんですね」

「川中も、群先生と似たところがある。もっと太いがね。それに水村とは、切っても切れない縁だ。わしが入りこむ余地などないな」

「会長、この島の港を、もっと開放的にしたらどうです？」

「そんな気はない。時化《しけ》で難儀している船は、いつでも受け入れてやるがな。おまえの船が来ても、追い返すだけだ」

なぜと言いかけて、私はその言葉を呑《の》みこんだ。久納義正は、いつもより饒舌《じょうぜつ》だった。それだけでも、私には大きな事件だ。饒舌な久納義正など、私は知らない。この老人を饒舌にしているのが、川中という男だろう、と私は思った。

爺さんが船を降りると、入れ代りのように川中が乗りこんできた。水村とどういう関係なのかは、やはりわからない。わかろうとすべきではないのだと、なぜかはっきりと私は感じていた。川中は、私を見て、ただ口もとだけで微笑《ほほえ》んだ。

「ホテルへ帰るぞ、ソルティ。ここは、のどかないい島じゃないか」

野中が船尾《スタン》の舫いを解いた。私はエンジンをかけた。驚いたことに、船首《バウ》の舫いは水村が解いていた。

爺さんはもう、ラ・メールの方にむかって歩いている。

離岸《りがん》し、港の中でむきを変え、外へ出た。

すぐに、巡航回転まで増速した。エンジンはまだ冷えていない。川中が言った通り、北西風はかなり弱くなっていた。それでも、三か所のオーニングを開けたフライブリッジは、まともに風が吹きこんできて、ひどく寒い。

「むかい風でも、いい走りをするじゃないか、ソルティ。波高五メートルまでは、なんとか凌《しの》げるな」

「五メートルじゃ、船は出しません。勿論《もちろん》客なんか乗せられないし、釣りもできないじゃないですか」

「出てから五メートルになるなんてことは、海じゃめずらしくもない」

「まあ、そうですがね」

「ここは、海ものどかだ」

雲が風に払われて、街の遠景が見えた。沖の瀬をむかい風で突っ切るのも、それほどの難しさはない。あまりスピードも落とさず、突っ切った。フライブリッジにまで、飛沫《しぶき》はあがってこない。その程度の波だ。

「姫島の爺さんとは、知り合いだったんですね、川中さん」

「まあな。俺はN市のシティホテルを買収し、建て替えた。その時の建設会社が、久納さんのところだった。買収の時にいろいろあって、久納さんとも関《かか》わりを持った」

「そうですか。いまある新しいシティホテルは、川中エンタープライズのものか」

「俺は、『ブラディ・ドール』という酒場の親父《おやじ》で終ろう、と思っていたんだが」

「いろいろ、あるんでしょうね。N市は、急激に大きくなった街だし。あそこでいいホテルは、シティホテルとホテル・キーラーゴだ、と俺は思ってました」

「酒場の親父に、宿屋の親父か」

「なにがです？」

「俺の人生がさ」

「水村とも、知り合ったのは、その時ですか？」

「まあな」

それ以上、私は水村のことを訊けなかった。川中の眼に、なにか暗いものがよぎったような気がしたからだ。

街が近づいてくる。もう、雪が降ったという様子はどこにもなかった。背後の山に、点々と白いものが見えるだけだ。

8　予感

船の掃除を済ませると、私はホテルの事務所へ行った。こんな季節でも、蒼竜によるランチクルーズの申し込みが二件来ている。できるかぎりそれは受け、北西風が吹いても静かな入江に錨泊《びょうはく》させる。そういう場所を、三か所は捜してあった。

ただ、こういう季節のクルーズの申し込みは、船に馴れた客の場合が多い。それだと荒れた海をセイリングすることを愉しみにしていて、児玉がひと苦労するというわけだ。二件とも、それほど難しいクルージングではなく、私は承諾の返事をするように、山崎有子に伝えた。冬場に少しでもクルージングをこなせれば、会社の経営はずいぶんと楽になる。

家へ帰った。

亜美が泣いていた。牧子がオムツを替えているところだった。

私は亜美を受け取り、腕の中でしばらくあやした。亜美は、眠りはじめた。牧子が苦笑している。あやすのは、私の方がうまそうなのだ。

自分は父親なのだ。何度も実感したことを、改めて思い返す。いまのまま会社をやっていれば、そこそこの生活はできるだろう。人並みの幸福というやつを、女房や子供に与えることもできる。そして、老いていく。その人生がいいのかどうかは、自分の気の持ちようによって決まるのではないのか。

いいと思えば、それでいいのが人生に違いないのだ。

しかし、落ち着かなかった。なにかが、いつも心の中で揺れている。

「ねえ、あたしがまた店に出るって話さ」

キッチンから、牧子が言った。私は、眠っている亜美をそっとベッドに置いた。それは置くという感じで、寝かせるという言葉は浮かんでこなかった。

「ベビーシッター、信用できると思う。午前十時から午後六時まで。あたしが店に出るのは、十時半から五時半ね」

牧子がやっていた『スコーピオン』という店は、いまは弟分にしていた男に任せるという恰好《かっこう》でやっているが、いつまでもというわけにはいかないようだった。かつてはバイクを乗り回していた牧子には、弟分のような存在が数人いる。連中がいなければ、『スコーピオン』は、しばらく休業せざるを得なかっただろう。

「だろうな」

「夜の方は大丈夫なんだけど、昼間はやっぱりまともな仕事をしたがってる」

「女の子に任せるって考えたりもしたんだけど、どうも同性とは合わないんだな、あたし。女同士のうじうじした付き合いが、たまんなくいやになっちゃう」

「まあ、それもわかる」

「昼間はあたしが出て、夜は三交替。それでしばらくは回せそうなの」

「やってみろよ」

「あっさり言うのね。亜美を、ベビーシッターに預けるのよ」

「やってみなけりゃ、わからないことだぜ、全部。やってみながら、都合の悪いところを修正していけばいいんだ」

結婚した時から、『スコーピオン』は続けるという約束だった。私が、異議をさし挟む理由はないのだ。

牧子がスパゲティを茹《ゆ》ではじめたので、私は冷蔵庫からビールを出した。食卓には、すでに牛肉入りのサラダや、豆腐を煮こんだものが並んでいる。にんにくの匂いが漂ってきた。スパゲティは、タコ入りのペペロンチーノだろう。

「あたし、このごろちょっと考える」

「なにを？」

「これよ」

牧子が、大きな乳房を両手で摑むような仕草をした。

「人並みはずれて、大きいのよ。ホルスタインなんて、あんたにからかわれたこともある。なのに、出ないじゃない。もしかすると、愛情が足りないんじゃないか、という気がしてきたりするの」

「その問題、医者が解決したんだろう」

「解決したけど、心理的なものも多少はあると言われたわ」

母乳を与えれば、しばらくは『スコーピオン』に出られない。そういう思いが、母乳を止めているのではないか、と牧子はしばしば私に言った。

「気にするなよ、もう」

「そうね。何度も話したことだし」

「思い切って、店に出てみる方がいい、と俺は思うぜ。考えこむのは、おまえらしくない」

「また、気軽に言う。亜美は、これから病気もするし、歩くようになったら怪我《けが》もするのよ」

面倒になってきた。私は、考えこむふりをしてビールを口に運んだ。

スパゲティが出された。牧子に、ビールを注いでやる。

「ねえ、どう思う？」

「臨時休業が多い店ってのも、悪くない。あらかじめ、札を作っておくんだ。なにかありゃ、それをかけて店を閉める。儲《もう》ける必要はないんだ。しばらくは、そんなふうにしてりゃいいだろう」

「そうだね。あんたにそう言われると、気持は楽になる」

「夜は一緒にいてやるんだ。亜美も怒りはしない」

牧子の機嫌が悪かったのかどうか、私にはよくわからなかった。微妙な状態なので、とにかく宥《なだ》めておくことだ、と私に言ったのは山崎有子だった。二児の母の意見を、私はいまのところ尊重している。

「とにかく、俺も一度、そのベビーシッターに会ってみる」

私がそう言ったことで、牧子はようやく納得したようだった。

食事を終えると、私は革ジャンパーに着替えて、外へ出た。八時を回ったところだった。車を駐《と》め、『てまり』にむかって歩いていると、不意に肩を叩かれた。路地から、波崎が手だけ出していた。

「面白いことになりそうだ」

「ほう、『てまり』でか?」

「出てくると思うな、俺は。二人は、店の外にいるしな」

「わかるように、説明しろ」

「昼間、S市で芳林会《ほうりんかい》のことを嗅《か》ぎ回った男がいた。ひとりで、ここのビジネスホテルに泊ってるやつだ。それが、芳林会に尾行《つけ》られたまま、『てまり』へ入ったってわけさ。尾行てた三人のうち、ひとりだけが後から入っていった」

「つまり、呼び出そうってのか」

「そういうところだろう」

芳林会というのは、S市の暴力組織だった。何度も叩き潰《つぶ》されかかったが、しばらく経つと息を吹き返す。この街にもかつては支部があったが、いまは分家して独立したという恰好になっている。この街の組織の方が、ずっと近代的で、きちんと会社を名乗っていて、裏まで知らないかぎりは、とても暴力組織とは思えなかった。

ドアが開き、男が二人出てきた。

ひとりは、きのうの夜、『てまり』にいた男だ。獣がまた一頭、と群秋生はその男が店を出て行ってから呟いた。男は『パセオ』へ行き、そこで飲んでいた川中と、ひと言ふた言なにか言葉を交わすと、酒も飲まずに出ていった。私はそこまで男を尾行《つけ》たが、それからは川中と飲んだのだった。

「中央広場の方へ行くな」

波崎が呟いた。店の外にいた二人も、動きはじめたようだ。

「芳林会の、どんな連中なんだ?」

「なかなかのこわもてさ。おまえも顔ぐらいは知ってるだろう。とにかく、俺たちも行ってみようじゃないか、ソルティ」

人の姿は少なくないが、中央広場には誰もいないだろう。海からの風が吹きつけるし、とにかくこの寒さなのだ。

二人ずつに分れて歩いていた後姿が、駐車場にさしかかると一つにかたまった。それでも私には、あの男の背中がどれか、はっきりとわかった。

「どうするつもりだ、波崎?」

「見物だけにしよう」

「三人とひとりだぜ」

「だけど、俺にはあの男がやられるようには見えないんだ。勘《かん》だが、はっきりとわかる。あいつは、やられないよ」

　私も、見物しようという気になっていた。

　四人が、人のいない広場で立ち止まった。

　煙草に火をつけたのは、あの男だった。ジッポを使っている。低い話し声が、途切れ途切れに聞えた。不意に、男の躰《からだ》が回転するように動いた。二人が昏倒《こんとう》したのは、しばらく経ってからだ。パンチなのか蹴りなのか、私にはよく見きわめられなかった。男が、火のついた煙草をまだくわえたままだ、ということがかろうじてわかった。残っているひとりにむかって、男が歩きはじめた。別に追いつめるような歩き方ではないが、相手は後退し、尻《しり》をついて倒れた。そこに、男の足が飛んでいった。転がった相手の脇腹《わきばら》だけを、男は断続的に、軽く蹴りはじめた。いつまでも、蹴るのをやめようとしない。

「なにか吐かせようって気だな。あの蹴り方は、つまり拷問《ごうもん》だぜ」

　囁《ささや》くように、波崎が言った。

「ひとりでやり合うことには、なりたくないな。こっちがなにか武器を持ってても、いやだよ、俺は。あの三人だってなにか持ってたんだろうが、出す暇もなかった」

「行こう、波崎」

「なんだよ。見届けないのか？」

「あのやくざになにか吐かせたとして、それがなんですかと訊きに行けるのか？」

「それもそうだな。もう勝負はついちまってる。あいつ、秋山安見のことと、なにか関係あると思うか、ソルティ？」

「多分な」

「根拠は？」

「きのう、俺はあの男に会った。話はしなかったが、川中の連れだ」

「ほんとか？」

「だから、川中を捜そう」

「なぜ？」

私は、波崎の腕をとって、人通りのあるところまで歩いた。

「これは、秋山安見という女子大生を、保護したりガードしたりすることとは、だいぶ違うという気がする。そんな単純なことじゃないぜ」

「しかし、なぜ川中なんだ、ソルティ？」

「俺は今日、川中を姫島に運んだ。あの男は、爺さんと差しで二時間も話してた」

「爺さんが、喋ったのか、おい」

「それだけじゃない。水村は、川中にお辞儀をしていた。水村は水村で、川中と関係があるという感じだったな」

「相当の大物か、川中は」

私は、携帯電話で、何軒かの店に探りを入れた。川中は、『パセオ』にいた。群秋生も一緒のようだ。

「俺は一日、S市を歩き回った。秋山安見の影さえ見えなかったな。その代り、芳林会を嗅ぎ回っている、あの男を見つけたってわけさ。いま思うと、わざと堂々と嗅ぎ回ったというところがあるな。しかし、いい度胸だ。俺は、やくざをあんなふうに嗅ぎ回ったりはできんよ、ソルティ」

歩きながら、波崎が言った。

なにが起きているのか、全貌《ぜんぼう》は見えてこない。しかし、役者が揃《そろ》いはじめている、という予感はあった。静かに、なにかが動きはじめているのだ。

川中は、群秋生と並んで『パセオ』のカウンターに腰かけていた。入ってきた私と波崎を見て、群秋生は皮肉な笑みを口もとに浮かべた。

「川中さんは、三崎《みさき》れい子をお気に入りでね。酒の方は、この店は駄目だそうだが」

「またの御利用を、お待ちいたしております」

私は、川中に一礼して言った。座れと言うように、川中がちょっと顎《あご》を動かした。そんな仕草が、横柄《おうへい》には見えない。

「こいつ、波崎と言います。俺の友達《ダチ》で、川中さんの役に立つかもしれません」

「座れよ、波崎。人生が愉《たの》しくて仕方がない、という顔をしてるじゃないか」

「この街に来て、人生観が変りまして」

波崎は、そう言って腰を降ろした。

「俺、川中さんを姫島の爺さんのところへお連れしたんですよ、群先生」

「ほう、それで久納さんは？」

「ラ・メールで、二時間ほど喋っておられました。俺らは、上陸しませんでしたが」

「おい、ソルティ。俺が久納義正と知り合いだったことが、そんなに大事件か？」

「知り合いのいない爺さんですからね」

「おまえだって、知り合いだろう」

「名前を呼んじゃもらえません。いつだって、若いの、ですよ」

川中が、声をあげて笑った。五十をひとつ過ぎているはずだが、笑うと少年のような印象だった。

男が、入ってきた。

川中と群秋生には一礼したが、私たちには眼もくれなかった。男の眼差《まなざ》しは静かで落ち着いていて、荒っぽいことをひとつこなしてきたようには、とても思えなかった。

「坂井《さかい》という。一応川中エンタープライズの役員なんだが、本人はバーテンをやりたがってね。時々ベストを着てカウンターに入っていたりする」

「私は、バーテンです。バーテンとして、社長に雇っていただきました」

「いいから、おまえも座れ。おまえをバーテンに雇ったのは、十年以上も昔の話だぜ」

坂井が、腰を降ろした。どこにも隙《すき》がない、と私は思った。隙があるかないか。そんなふうにしか、私にはこの男を見る余裕がなかった。

「なにもありません。平和なものです。三匹ほど蠅《はえ》が出ましたが」

「無駄骨か、芳林会を突っついたのも」

「なぜ突っつかれるのか、連中もわかっていないようです」

「殺さない程度にやったろうな？」

「わかりません。人は、打ちどころで呆気《あっけ》なく死ぬこともありますし」

「もういい、坂井。俺は、おまえがこの街に来たのが、もともと気に入らないんだ」

「仕事です」

「おまえの仕事は、うちの会社の取締役だろう。俺はここに、保養に来ているんだぞ」

「仕事は、仕事です」

「もう一度言ってみろ、坂井」

「俺はいままで、仕事の半分は自分で決めてきました」

「残りの半分は？」

「それは、社長が決められました」

「まったく、藤木《ふじき》にそっくりになりやがった。俺は付き合いきれん。ボロ布みたいにくたばる男を、俺はもうこれ以上見たくないんだ」

「川中さん。坂井君は、川中さんがボロ布になるのを心配しているようですね。そういうことを、これまでやってこられましたな」

川中が、ちょっと肩を竦めた。群秋生は、それから続けざまに皮肉を二つほど飛ばすと、酔ったふりをして店を出ていった。

川中が大きく息を吐いたが、坂井は視線すら動かそうとしなかった。

9 集音マイク

昼めし時を狙《ねら》った。

黄金丸《こがねまる》が、私の車を見て、玄関ポーチのところで立ちあがって尻尾《しっぽ》を振った。すでに老犬と呼んでもいい犬齢に達していて、さすがに以前のようにはしゃがなくなった。柴犬《しばいぬ》である。私は、黄金丸に命を救われたこともある。群秋生以外には決して懐かないが、手伝いの山瀬《やませ》夫妻や私には、そこそこの親愛の情を示す。いつもしっかりした眼差しをしていて、私はそれが好きだった。

「コー、御主人様は、もうお眼醒《めざ》めか？」

黄金丸の背中に触れながら、私は言った。車の音を聞きつけたのか、チャイムを鳴らす前に玄関のドアが開き、小野玲子《おのれいこ》のとり澄ました顔が覗いた。この秘書は、もう三十歳近くになっているはずだ。あまりお目にかかれないほどの美人だったが、群秋生の愛人というわけではない。それだけは、なぜかはっきりとわかった。

「先生は、いまシャワーですわ、若月さん」

「居間で、待つよ」

私が言うと、小野玲子は許可するような表情で頷いた。あと四、五年もすると、鼻持ちならない女になるだろう。ついこの間まで、うちの秘書はまだバージンだと群秋生はことあるごとに言っていたが、最近はそれを聞かない。もしかすると、どこかの男が抱いたのかもしれない。小野玲子のようなタイプの女に惚れる男は、少なからずいるだろう。

居間の暖炉には、すでに火が入れられていた。居間といっても、ビリヤード台があり、壁にはダーツの的がぶらさがり、隅にはホームバーがある。置かれている応接セットは、イタリア製のなんとかという高級品だ。

私は、窓際に立って、庭を眺めた。山瀬老人が手入れを欠かさない庭に、乱れらしいものはない。枯れた色の芝生の一か所が禿《は》げているが、そこは群秋生が居合い抜きの稽古《けいこ》をする場所だった。真剣を遣い、時には巻藁《まきわら》を斬る。眼醒めると、居合いの稽古をしてシャワーというのが、日課なのだ。夏には、いまは水が抜いてあるプールで、十分ほど泳ぐのがシャワー代りになる。

私が暖炉に薪《まき》を足していると、バスローブ姿の群が入ってきた。

「ひと勝負やるか、ソルティ」

「めしを食ってから、まだその気があったら。山瀬さんの奥さんが、さっきから待ってますよ」

食事は山瀬の妻の仕事で、かなり本格的な料理を作る。大物を釣りあげた時など、捌《さば》くのは山瀬がやり、細かいところを妻に任せる。私が群秋生と知り合った時から、門の脇の別棟に山瀬夫妻は住んでいた。

「いまなら、負けないという気がするがな」

群秋生が勝負と言う時は、ビリヤードだった。エイトボールという、十五個の玉をポケットに落とす、古典的な競技だ。私が言わないかぎり、ダーツはやろうとしない。私より、はるかにうまいからだ。ビリヤードは、五回に一度、私に勝てるかどうかという腕だった。金をかけてやろうというのも、群の方だ。あまりに私が勝ち過ぎるので手を抜くと、群は本気で怒りはじめる。

「牛舌《タン》を網焼きにして、ゆず味噌《みそ》を添えたものが、メインですね」

「見たのか？」

「匂いで」

「そうか、当たっているかどうか、確かめてみようじゃないか」

当たっている。そして群は、私の鼻に感心する。毎度のことだった。妙なところで感心して、相手を認めてしまう癖が、群にはあった。人には得手、不得手があるが、群はそんなことを考えたことがあるとは思えなかった。自分より優れたものを持っていることを発見したら、それについては認める。それが、群秋生という男だった。

山瀬の妻が、ワゴンを押してきた。

秘書も含めると、三人の人間にかしずかれている。考えてみると、羨《うらや》ましい身分だったが、本気で羨ましいと思ってしまうところはなかった。群秋生なら、これぐらいは当たり前だろうと感じてしまう。

「なるほど」

並べられた料理を見て、群秋生が声をあげた。山瀬夫人の肉料理は、絶品である。魚を捌く場合、群自身がやることもあるが、肉は仕込みから全部山瀬夫人の仕事だった。

群秋生の昼食は、かなりヘビーである。午前中に躰を動かすからだろう。朝食はほんの軽いもので、夕食も少し口にすると酒に移ることが多い。

「あの、川中良一って男のことなんですがね」

食事がはじまると、私は牛舌を箸《はし》で挟みながら言った。

「先生の感想を聞かせて貰《もら》おうと思って」

「鼻は動いたが、それがなにかは嗅ぎ分けられない、というところか」

「まあ、そうです。俺、川中良一って男を、なぜか嫌いじゃないんですがね。最初に会った時から、嫌いじゃありませんでした」

「それだけでいいじゃないか」

群は、淡々と食事をしていた。食うことに関する感動など、とうの昔に忘れてしまったという表情だ。そのくせ、船上で釣りたての魚を捌いて出してやったりすると、嬉々《きき》とした顔を隠さない。

「自分が、嫌いじゃないと思った感情を、おまえは信用できないのか、ソルティ？」

「その感覚は、信じています。ただ、曖昧《あいまい》といえば曖昧なんで、先生の意見も聞きたかったんです」

「あの人は、半端じゃないさ。俺には測りきれないものが、間違いなくいくつもあるよ。測ろうとしても、なにかどうしようもない硬質なものに、拒絶に似ているかな、ぶつかってしまうんだ。表面は、明るく屈託がない人なのにな。ある面では、姫島の爺さんに似ているという気がする」

「爺さんは、全身ですべてを拒絶してますがね」

「拒絶の内側には、傷つきやすいものがある。それを守るための拒絶さ」

「先生は？」

「自分の拒絶が、他愛ないものに思えるほどだよ、あの二人を見ていると。俺は、小説を書く。言葉にできる。あの二人の心の中は、言葉にもできないという気がする」

「ボロ布みたいにくたばる男を、これ以上は見たくない。姫島で、水村にそんなことを言っていたような気もします」

「見すぎたんだろうさ、ボロ布のように死んでいく男を」

「やっぱり、爺さんと同じですね」

牛舌は絶妙の焼き具合で、ゆず味噌を載せて食うと、口の中で溶けるような感じさえした。私は、テーブルの鈴を鳴らし、御飯のお代りを山瀬夫人に頼んだ。

「坂井って男はどうです。まるで川中良一の影みたいですが、ひとりで相当なことをやってのけてますよ」

「おまえの鼻も、大したもんじゃないな」

「坂井も、やっぱり深いんですか？」

「水村が深くも浅くもない、というのと同じだろう。川中良一の生き方が、つまり自分自身の生き方、と思い定めているな。そういう意味で、影という言葉はぴったりなんだが。おまえと変らん歳《とし》だろう、ソルティ？」

「多分」

「おまえの方が、ずっと屈託がある。結婚して子供が生まれたのに、それでいいのかとずっと悩み続けているしな」

女房や子供について、群秋生に喋ったことはなかった。群にはわかってしまう。それは仕方がない、と私はどこかで思っているところがあった。

「とにかく、俺は坂井って男と、どうにかなりそうな気がするんです。たとえば、殺し合うとか」

「意味はないな」

群秋生は、箸を置いて笑った。私は、二杯目を口に押しこんだ。

「獣と獣が会うと、殺し合うかもしれないという予感はお互いに持つもんだろうよ。それで、ほんとに殺し合うとは、俺は思わんね。お互いに獣なら、殺し合うのはぎりぎりのところで、よほどのことがないかぎり、二人ともがそういう状態に立つことはない」

「ちょっと、ジャブを打つぐらいですか」

「それも、お互いにやりたくなった時さ」

群秋生が、テーブルの鈴を鳴らした。コーヒーが運ばれてくる。いい香りが、部屋に満ちた。暖炉で、薪の崩れる音がした。

「まだ読めないんですよ、なにが起きているか」

群秋生は、コーヒーを口に運びながら、じっと私に眼を注いだ。私はそれを見返すことはせず、コーヒーに口を近づけた。コーヒーだけは、牧子が店で淹《い》れていたものの方がうまい。

「なにも、起きてないんだろう、まだ？」

「起きますよ」

「起きてから、首を突っこむのが、おまえのやり方だったじゃないか。なぜ、今度だけは起きる前から動いているんだ？」

「男が」

「男？」

「街の中を、男が歩き回っていると、どうにも我慢できなくなるみたいです。川中良一ってのは、俺が見る久しぶりの男です」

「川中さんは、大きな動機で動く人間じゃないな。俺は、そんな気がするぞ、ソルティ」

「ささやかな動機で動く。俺の知ってる男は、みんなそうでした。時には、馬鹿げた動機で動いてしまう」

「なるほど。それが、おまえの男か」

「先生は、つまらんとおっしゃるでしょうが、そうなんです。川中良一は、大学生の女の子を捜しているだけなんですから」

「それは、忍さんから聞いた。忍さんは、憂鬱《ゆううつ》そうだったがね」

忍信行は、ホテル・カルタヘーナの社長業に飽き飽きとしている。久納一族に生まれ、経営の才能も持っているので、無理矢理社長の椅子に座らされているようなものだ。だからいつも憂鬱そうだが、群秋生があえて言うからには、いつもとは違うということだろう。

群秋生には、さまざまな人間が、心の中にあることを語る。私も、そうだ。語らせるようななにかを、群が持っているとしか思えなかった。姫島の爺さんでさえ、かなりのことを喋っているという気がする。

結局、川中良一に対する群秋生の分析は、聞くことができなかった。群が関心を持った人間で、人物評をやらなかったのは、はじめてだ、という気がする。

私は一度事務所に戻り、帳簿の数字に眼を通すことをはじめた。こんなことも、いつの間にか、当たり前のこととしてやるようになったのだ。

ランチクルーズの申し込みが、二件入った。蒼竜があいている日だったので、受けた。児玉船長は、私をつかまえて一時間はぼやくだろう。忍の方針で、ランチクルーズにもコックが乗り、船上で火を使うのだ。

午後三時を回ったところで、波崎から電話が入った。

「おかしなことになってきた。おまえにだけは、知らせておこうと思ってな」

「なんだ？」

「S市のホテルに、いやな臭《にお》いのする連中が、五、六人集まってる。いまいるのは四人ぐらいで、二人はそっちへ行ったはずだが」

「やくざか？」

「違う。もうちょっと、専門的な感じがする。一見すると、出張のサラリーマンにしか見えんよ。しかし、危険だな」

「忍さんには？」

「知らせてない」

「なぜ？」

「なぜでもだ。とにかく、少なくとも二人、そっちへ行ってる。それ以上は、俺は手が回らん。だから、おまえに知らせたってわけだ」

「わかった。外へ出る。連絡は携帯にくれ」

私は、革ジャンパーを持って、外へ出た。

ホテルを出たところで、見馴《みな》れた車が突っ走っていった。群秋生の、ブルーのマセラーティ・スパイダーだった。幌《ほろ》を開けているので、運転している人間もよく見えた。川中良一。

群秋生は、しばしば車を人に貸す。あまり乗らず、車庫で眠っていることが多いからだ。ほかに、十二気筒のジャガーとジープ・チェロキーがある。まったく、宝の持ち腐れというやつだ。

私は、少し距離をとって、マセラーティを追いはじめた。

車は、リスボン・アヴェニューを突っ走り、トンネルに入っていった。私は、トンネルの手前で、山際新道の方へ曲がった。しばらくミラーで道路を窺《うかが》っていると、黒いスカイラインがトンネルに入った。それは、坂井の車だろう。

波崎の携帯を呼んだ。

「そっちへ、川中良一がむかった。少し遅れて、多分、坂井がくっついてる。俺は、こっちで、二人を捜す」

「わかった。こっちのホテルの連中に、動きはない。川中と坂井が絡んでくるようなら、どうなるか見届ける」

私は車を出した。

狭いといっても、ひとつの街である。効率的な捜し方はわかっているが、時間はかかる。相手が誰だかわからないので、的を絞るわけにもいかなかった。

丹念に街を流し、気になる場所は自分で歩いてみた。午後五時を回ったころ、私は企業の保養所が並んだ通りで、スーツにきちんとコートを着た二人の姿を見つけた。

すぐに、二人だと私にもわかった。波崎が言っていた、臭いというやつだ。

いまのところ、波崎の方からの連絡はない。私は車を降り、二人を尾行《つけ》はじめた。

二人は、保養所へ入っては、ペアの刑事さながらに、なにか訊いて歩いているようだった。

尾行はじめて、四軒目に入った商社の保養所は、管理人が私の釣り仲間だった。二人が立ち去るのを待って、私は管理人室のドアを叩いた。

「なんだい、いまの二人は？」

「二人って、さっきのセールスマンか？」

「刑事じゃねえのか。やけに眼つきが悪かったような気がする。それに、二人連れのセールスマンなんてのが、いるのか？」

「まあ、大きな売り物だからな。ひとりは、エンジニアだそうだ。全館の新式の空調システムだって言うんだからな。管理人の俺なんかに言っても、無駄さ。ホテルでも回った方がいい、と言ってやった」

「気になるな。なんて会社のやつだ。名刺でも置いていったろう」

「いや。話を少しでも聞いてやりゃ、なにか置いていっただろうが」

「パンフレットなんかも？」

「だから、すぐ追い返したって」

見えすいた話だった。いつ、どんなふうに生きるかわからない名刺ぐらい、セールスマンなら必ず残していく。

「ところで、釣りの誘いか、若月？」

「まあね。このところ遊漁船に乗ることが多いようだから、なにか情報を掴んでいるんじやないかと思ってな。寒鰤《かんぶり》でもあがったって話は聞かないか？」

「鰤どころか、根魚も不調だね。沖の瀬まで行けば、なんとかなるかもしれんが」

冬場、遊漁船は沖の瀬まで行きたがらない。帰りが、むかい風になるからだ。

「お茶でも出せよ、吉田《よしだ》。ちょっとばかり、熱いものでも振舞われようと思って、寄ったんだ」

保養客も少ないようで、吉田は気軽に腰をあげ、コーヒーメーカーをセットしはじめた。

私は、吉田のデスクの縁に手をやり、裏側を撫《な》でるようにして手を動かした。触れてくるものがあった。ネジの類《たぐ》いではなさそうだ。つまんで力を入れると、かすかな音を立てて剝《は》がれた。両面テープで張りつけた、集音マイクのようだ。

こういうものについては、私より波崎の方がずっと詳しかった。私は、それをジャンパーのポケットに落としこんだ。

吉田が、コーヒーを運んでくる。

「女房子供を抱えるようになって、おまえも変ったよな。前は、ほかの船の情報なんかに、耳を貸そうとしなかった」

私は、まずいコーヒーを、ゆっくりと啜《すす》った。一軒の保養所に五分ほどいるので、まだあの二人はそれほど先に行っていないはずだ。

しばらく釣りの話をし、寒鰤の情報が入ったら教えてくれと言い残して、私は管理人室を出た。私のポケットには、集音マイクが放《ほう》りこんだままだった。どうすればいいか迷ったが、とりあえずそのままの状態で、波崎に見せることにした。

二人は、企業の寮や保養所と名のついたところだけを回り、ホテルには一度も入らなかった。暗くなって、午後六時を回ったころ、山際新道沿いの駐車場に入り、目立たない白いクラウンに乗りこんだ。車を出すでもなく、そのまま駐車している。車内にはなにか機材を積みこんでいるようで、ひとりは後部座席にいる。

バイブレーションにしておいた携帯が、ズボンのポケットから私を呼んだ。

「はい、恩田《おんだ》商会寮」

私は、吉田が管理人をしている保養所の名を言った。こんなことに、波崎は敏感である。

「波崎庭園です。冬場の庭の手入れ道具を、運ばせていただきます。明日からはじめますんで、二台で、いまそちらへむかいます」

「朝早くから、働いてくれようってことかい。こいつは、めずらしいね」

「なにしろ、競争が激しいもんで」

電話を切った。

私は、自分の四輪駆動車に乗った。いまの電話で読み取れるのは、川中良一と坂井の車が戻りつつあるということだった。どこかでカーチェイスでもやったのかもしれない。競争という言葉が入っていた。

私は、トンネルの入口が見渡せる場所までゆっくり車を進め、ブルーのマセラーティ・スパイダーと黒いスカイラインが戻ってくるのを確認した。さらに五分ほど待つと、波崎のポルシェも見えた。

パッシングに応《こた》えて、ポルシェは私のそばまでやってきた。私は革ジャンパーのポケットから集音マイクをつまみ出し、無言で波崎に示した。

10 波の音

波崎のマンションである。

集音マイクを点検すると、波崎はなにも言わずそれを自宅へ持ち帰り、ベランダに置いたのだ。電波を途切れさせることは、一度もやらなかったらしい。

「せいぜいひと部屋の集音だ。しかし、精巧な機械を使ってやがる。あれは恩田商会寮ので、ほかにも寮ばかりに仕掛けて歩いたんだな」

「どこも、気づいてないと思う。さりげなくだが、巧妙に仕掛けられている」

「つまりどこかの寮に、連中が捜している人間がいて、多分、管理人はそれを知ってる。そこまで、連中は摑んでいるが、どこの寮かはわかってない。連中が捜してる人間が、秋山安見なら、急転直下の解決になるな。連中をうまく捌ければだが」

「あの二人は？」

「それが、派手なことをやらかしてくれた。なにかはよくわからんが、ホテルに残っていた三人が飛び出してきて、近くにいた川中の車を追いはじめた。群先生のマセラーティの助手席には、なぜか女の子がひとり乗っていて、オープンだからそれが丸見えというわけさ。三人は二台で追いかけたが、マセラーティに引っ張り回された。おまけに、ことごとくスカイラインが邪魔を入れてくる。二台は、衝突。人は大丈夫だが、車は二台とも潰れた。それがS市から、十キロ山に入ったところだから、三人は夕方まで隔離されたって恰好だな」

「その間に、なにかが動いた、ということだろうな」

「カーチェイスを追っかけて、俺まで隔離されたのさ。だから、なにが動いたかは、調べられなかった」

このあたりが、ひとりで動きたがる波崎の弱点だった。私なら、暴走族《ゾク》あがりのオートバイ野郎を、三人は使う。

「あの二人、運転の腕も半端じゃねえや。峠道じゃ、おまえもやられるかもしれんぜ、ソルティ」

「川中と坂井は、三人をしばらく山中に隔離するために動いただけか？」

「三人は少なくとも五キロ山中を歩かなけりゃならなかっただろうさ。まあ、俺にはまだ車があってよかった」

「こっちの、二人の動きは、どう思う」

「連中はチームだ。入ってきた情報に、それぞれ分担して当たっているんだろう」

「S市の動きとこっちと、いまのところ関連性は見つけられんな、波崎」

「しかし、おまえ、よくあのマイクをひとつ手に入れてきたよ。それで、こっちから連中を揺さぶれるかもしれん」

私は、S市とこの街の、二つの動きについて考えていた。川中が、先行している。波崎と私の動きは、ほとんど川中の後を追っているようなものだ。

川中には、情報が入ってくるルートがあるのだろう。波崎の間接的な依頼人である、遠山一明という画家には、多分それがない。

だが、遅れているのは、それだけなのか。

「俺たちの手がかりというのは、秋山安見と、S市に現われた五、六人のプロ。いまのところ、それだけだな、波崎？」

「それに川中と坂井だ」

「あの二人は、同じ方向に走っている。それも、俺たちより先にな」

「だから、手がかりさ、ソルティ」

「わかっているが、後を追うだけで、最後に出し抜いてやろうと思えるほど、あの二人はやわじゃない」

「あと、集音マイクがある」

「それを、すぐに生かそう。連中を揺さぶって、なにか具体的なことを摑むまで、多少の賭《か》けは仕方がないだろうと思う」

「はじめから、川中を出し抜くということになるぜ、ソルティ」

「だからさ。出し抜くなら、はじめからだ」

「いいだろう」

波崎が煙草に火をつけた。私は、ショットグラスのウイスキーを、口に放りこんだ。

「ただ、やるんなら思いつきじゃどうにもならん。相手はプロなんだ。綿密で、疑いを挟ませないようにやらないと、かえって逆手に取られる。とにかく、あのマイクをもうちょっと詳しく調べてみる。造園業者も必要になるぜ。波崎庭園が冬場の庭の手入れに来ることになっているのも、聞いているだろうからな」

「そっちは、俺がやる。おまえは、マイクの使い方をよく研究しておいてくれ。明日の朝には、なにをどうするか決めてしまおう」

「わかった。マイクのことは、インターネットで調べられる。俺も、実際にははじめて見るマイクだしな」

「決まりだ。俺が、筋書きは考えておく」

「おまえ、川中に対抗心を持ったのか？」

「わからんが、出し抜きたいという気分はある」

「筋書きは任せよう。ところで、おまえの手下《てか》は使えるのか。バイクのやつが二、三人いれば、と俺は今日思ったよ」

「ひとりで動きたがるやつは、最後までひとりで動け。俺の歳下の友達《ダチ》は、弟分であって手下ではない。そっちの方は、俺がやる」

「俺は、ひとりで動くのが好きなわけじゃない。他人を信用しないところはあるが、現におまえとはいつも組む。俺は、命の危険があるところに、できるだけ人を巻きこみたくはない、と思ってるだけだ」

「わかってる。とにかく、野中に三人ばかり集めさせて、いつでも動ける態勢でいさせることにする」

「無理だけはするなよ、ソルティ。おまえは『ムーン・トラベル』の社長なんだ。これは、俺の仕事だ。というより、俺は仕事としてやってる。おまえは、違う」

「無理はしない。川中を相手に、無理が通じるとも思ってない」

ウイスキーは一杯だけにして、私は腰をあげた。

いつものように家に帰り、ちょっと遅い夕食をとり、牧子に抱かれながら、亜美が眠るのを見た。牧子も、亜美を寝かしつけている間は、気持は乱れないようだ。店をどうするか決めたのか訊こうとして、私は口を噤み、また家を出た。

事務所へ行った。当然、山崎有子は帰っていて、明りも消えていた。私はそこで、明日からの恩田商会寮の庭の手入れをする業者の手配をした。それから、残っていたデスクワークを全部こなし、再び明りを消してロビーへ出た。

暗がりに立っているガードマンも、フロントのナイトマネージャーも、無論みんな顔見知りだった。

「A3棟の川中さんに、呼ばれた」

私はナイトマネージャーからカートの鍵《かぎ》をひとつ借り、敷地内の両側をきれいに並木で整えられた、アプローチロードを転がしていった。ホテル・カルタヘーナは、独立棟と、新館と呼ばれるスウィート・ルームばかりの二階建の建物がある。独立棟は、豪奢《ごうしゃ》なものだった。川中のいる棟には、まだ明りがあった。

「若月です」

チャイムを鳴らし、インターホンにむかって言った。入れという声がし、ロックが解錠される音がした。

私は玄関でスリッパに履き替え、リビングに入っていった。玄関のロックは、リモコンで解除できるようになっている。

川中は、バスローブ姿で、本を読んでいたようだった。群秋生の、最新刊だ。最新刊と言っても、ほとんど一年に一冊のペースだから、半年以上も前に出版されたものだった。群秋生の本は、日本でよりも、英語圏で売れているという。

「助かった」

「なにがですか？」

「群先生の本は、人を絶望的な気分にさせる。もっとも、透明感のある、不思議な絶望で、読み終ると救いが見えてくるんだが」

「前に、一冊読まれたと言っておられましたね」

「嫌いではない。しかし、どんな人間がこれを書いているのだろう、と考えてしまう。救いは、われわれ読者のもので、群秋生のものとは思えないのだな」

「群先生の絶望には、救いはないってことですか？」

「俺にはわからん。絶望がどうのと言うほど、俺は繊細ではないしな」

「俺も、実は読んだことがあります」

　川中は、葉巻に火をつけた。

「この葉巻、俺の友人の画家がくれるので、三年前から本格的にはじめたんだがな。作品が読者に与える絶望は、葉巻のように煙になって消えていく。群秋生は、種を播《ま》き、葉を栽培するところからはじめて、葉巻を作りあげて読者に提供する。つまり絶望を育てあげ、煙になって消せるようにして、読者に渡すのさ」

「その過程を考えると、ちょっとばかり憂鬱な気分になりますね」

「ちょっとばかりじゃない。なんであの男が生きてるのか、俺は不思議になるね」

「小説を書き続けているから」

「かもな」

川中は、ホームバーの方を指さし、コニャックと私に言った。私は、ブランデーグラスに二つ注いでテーブルに運んだ。

「ところで、川中さんはマセラーティを転がしておられませんでした？」

「群先生に、本を貰いに行った時、ガレージで眠ってるのを見た。無理を言って、借りてきたのさ」

「無理じゃないですよ。あそこの車は、みんな眠ってるんで、時々、眼を醒《さま》させてやった方がいいんです。ちょっとばかり、荒っぽく転がしてやってね」

「ほう、俺の運転を見てたみたいじゃないか」

「S市の情報なら、いつでも。あの車、このあたりに一台しかなくて、転がしてるのは大抵俺ですから。俺が女を乗せて突っ走ってた、と言ってきたやつがいましてね」

「女か」

「見た感じはね。しかしなんで、マネキンなんか？」

「後ろに時々見えた、シルバーグレーのポルシェ。あれ、おまえのか？」

川中が、ブランデーグラスを揺らす手を止めて、私の方を見つめた。

「狭いマンションで我慢しても、ポルシェに乗っていたい、というやつがいましてね」

「いい腕だった」

「川中さんも、そして坂井も」

私も、コニャックに手をのばした。川中の葉巻の煙が、いい香りを部屋に拡《ひろ》げている。

コニャックにぴったりだった。

「俺に、なにを言いに来た、ソルティ？」

「この街の人間も、動かざるを得なくなっています。ほんとの騒動になる前に」

「もう、ほんとの騒動になってるさ。ただし、いまのところS市だが」

「プロが、五、六人。この街は、いろんな舞台になります。俺なんか、地上から消えた方がいい街だとよく思いますがね」

「ここの生まれか、ソルティ？」

「俺がガキの時分は、神前亭《かんざき》という旅館が一軒あるだけで、のどかな街でしたがね。こんなになったのは、久納一族が、内輪喧嘩《うちわげんか》をはじめてからですよ」

「金ぴかには、いつか錆《さび》が出る。そして、それはそれで味があるもんさ」

「N市も、急速に発展した街ですよね。ここと規模も違うし、工業都市だけど」

「N市の郊外に工業用地が拓《ひら》かれる時、俺はトラック運転手だった」

「そうだったんですか」

川中は、コニャックを口に含んだ。テーブルに伏せられたままの、群秋生の本。葉巻の香り。遠くの波の音。

「街ってのは、魔物だな。人の心を食い荒らす。俺も、何度かN市を吹っ飛ばしてやりたいと思ったもんだよ」

「いまじゃ、落ち着いてますか？」

「まさか。人がいるかぎり、街に落ち着きはない。錆びはじめても、またどこかが金ぴかになる。その中で、馬鹿な男ばかりが、むなしく死んで行く」

「ここでも、そうです」

「俺は思うんだがな、ソルティ。人の心の中には街がある。工場がありホテルがあり店があり住宅がある。道路もあれば、病院も学校もある。人は、その心の中の街を守りたいと思うのさ。そして時々、自分の心の中の街を毀《こわ》したいというやつもいる」

私は、コニャックを口に含んだ。ホームバーには、最高級の酒が並んでいる。どこかにグランド・シャンパーニュと書いてあるのが最高級のコニャックだと教えてくれたのは、例によって群秋生だった。

「この街の人間も動く、と言ったな、ソルティ？」

「われわれの街ですから」

「俺の街だ。そう言え。われわれなどという言葉を、俺は認めない」

「俺の街です」

「挑戦状か、俺への？」

「まあ、そうです。ただ、川中さんが敵というわけじゃありませんが、この街にはこの街のやり方があるということです」

「ひとつだけ意外だった。結構骨っぽい馬鹿がいる街だ。もっと腐っていて、いやな臭いしかしないと思っていたよ」

「この街のやり方で、脱臭剤を撒いているからですよ」

「根もとが臭ったら？」

「終りですね、この街は。麻薬と女と博奕《ばくち》。そんな街になりますよ」

「それもかえって人間的だ、という気が俺はするがね」

「姫島の爺さんと同じですね」

「久納さんも、そうなのか。俺には、この街の話はなにもしないな」

「恥しいんでしょう」

川中が、手もとのリモコンを操作した。午後十一時まで、部屋付きの初老のメイドがいる。ルームサービスは二十四時間で、いつでも温かいものが出るという。

姿を現わしたメイドに、川中はイタリア製のサラミを註文した。

「カロリーが高すぎませんか、夜食には」

「おまえのような若造とやり合うんだ。俺は俺のやり方でな。明日の昼は、四百グラムのステーキにする」

「川中さんのやり方、どんなものか見せていただきますよ」

川中が笑った。笑うと少年のようで、それでいて眼の奥の光だけがはっとするほど暗かった。

しばらく、黙って波の音を聞いていた。人間の耳とは不思議なものだ。喋っている時や、ほかのことを考えている時は、波の音などほとんど聞えないのに、耳を傾けると近づいてくる。

波の音は、胸の騒ぎにも似ていた。

11　神経戦

ノイズがかなり入っていた。掃除機をかけたまま、喋《しゃべ》ったものらしい。

波崎としては、さまざまな可能性を考えたのだろう。携帯の呼び出し音が鳴り、それにがなるような声で答えている。そこに卓上の電話が鳴る。携帯は一度切られ、はい恩田商会寮という声が入っている。それも、掃除機の音に掻《か》き消され、なにか喋っているということだけがわかる。ようやく、掃除機の音が切れる。今夜ひと晩しか預かれないよ、今夜だけ。二十歳くらいの女の子がうちにいたら、目立つに決まってるだろう。わかったが、危《やば》いことはごめんだ。誰かに追われてるったって、俺にゃ関係ないね。

テープはそこで切れている。

「集音マイクは、どうした？」

「おまえが見つけた、吉田のデスクの下さ。吉田が外へ出た間に、戻した。このテープも、恩田商会の寮の管理人室から送ったもんさ」

これでどういうことになるのか、私は考えた。恩田商会の寮に秋山安見がいる、という疑いは持つことができる。ほかの場所でなにも起きていなければ、連中は恩田商会の寮に眼《め》をつけるだろう。

「今夜、襲ってくると思うか、波崎？」

「きのう、連中が川中の車を追いかけた様子を見てりゃ、なにがなんでも襲うだろう、と俺は思う」

「吉田が、問題だな」

吉田は、住み込みの管理人だった。一応、仕事のあがりは八時ということになっている。夜八時を過ぎると、酒場で飲んでいる姿も時々見かける。ほかに従業員はパートの主婦が三人いるだけで、食事などもすべて仕出しである。

「吉田を巻きこむというかたちは避けたいが、あまり早く管理人室から姿を消すのもまずい。そのあたりをどうするかだ」

「まず、俺が行く。酒でも持ってな。日曜の夜だから、客は少なくなってると思う。喋るのが嫌いな相手じゃないし、二度ばかり、そんなことをしたこともあるんだ、波崎」

吉田に誘われた、早朝出港の遊漁船に乗ろうという時だった。牧子が妊娠中の時と、亜美が生まれたばかりの時で、牧子の妹分と言っている女が、手伝いだと称してS市から泊りに来ていた。私はいない方がいいだろうと思って、吉田の釣りの誘いに乗ったのだ。

「そうしてくれ、ソルティ。それから、オートバイで突っ走ってるおまえの友達《ダチ》も、待機させておいてくれ」

「わかった」

まだ正午前だった。庭師が手入れに来るとか、きのうの電話で言ってしまっていたが、それはあまり気にすることはないだろう、ということになった。日曜日である。寮の近くに、造園業者のトラックを駐《と》めておくだけでいい。作業は月曜からだ。

「今朝から、川中の動きが摑《つか》めてないんだ、ソルティ」

「川中は、敵じゃない。追うことに、意味もない。俺たちは川中と別の道から、秋山安見に行き着こう。まず、連中をひとり押さえることさ。秋山安見のなにが狙《ねら》われているのか、知る必要がある」

「俺はどうも、いろいろと気になる」

「なにが？」

「忍さんが、このところひどく憂鬱《ゆううつ》そうだ。あの人の不機嫌な顔ってのはいつものことだとしても、ちょっと違うな。憂鬱そうなんだよ、あまりないぐらい」

「そうかな」

言ってはみたが、私もそうだという気はしていた。忍と川中が、どこまで喋っているかも気になった。

「やめよう、波崎。俺たちは、連中を相手にするだけで、多分手一杯だぜ。ほかのことは、いまのところ脇《わき》に置いておこう」

「わかった」

波崎が煙草《たばこ》に火をつけた。リスボン・アヴェニューに新しくできた、カフェレストランだった。ランチメニューもある。大した味ではないが、私はそこで波崎に昼めしを付き合うことにした。

「トンネルのそばの駐車場に、やはり白いクラウンはいた。二人乗っていたが、顔は変っていたな」

「六人いるんだろう。三交替で、二十四時間ウォッチできる」

「しかしな、四人はやっぱりS市だ」

「この街だけでなく、S市にもなにかある。それは間違いないと思うが、いま俺たちにある手札は、あのクラウンの中の二人だ。少なくとも、ほかの手札よりずっと強い」

註文《ちゆうもん》したランチが運ばれてきた。前菜、スープ、メインと続くらしい。パンかライスと書いてあったので、私はライスを頼んでいた。どんなふうなライスが出てくるかで、調理場の腕は見える。

「一体なんなんだ、と思う。考えてもみろよ、ソルティ。俺が忍さんに頼まれたのは、女子大生をひとり捜し出して、危険があれば保護する。その程度のことなんだ。それなのに、あのプロだぜ。川中や坂井もいる」

雪の道でスタックした車の中の、ショートヘアの女子大生。波崎でなくとも、なんなのだと考えたくなる。それを探り出すのも、まず連中の口から割ることだった。

前菜が終る前に、スープが運ばれてきた。この分だと、メインもすぐ現われそうだ。

「こんな安直な店が、この街にも増えたな。商売になっちまうってことか。おまえなんか、気に入らないだろう、ソルティ？」

「いいさ。そのうち、ホテル・カルタへーナや神前亭が、ツアー客を取るようになる。そうなれば、ここもありきたりの観光地さ」

「ホテル・カルタへーナの客室稼動率が、いつも七割以上だってことが、俺にゃどうしても理解できん。そう思わないか、ソルティ。俺の部屋のひと月分の家賃より、一泊料金が高いんだぜ」

「金持はいる。金持同士のネットワークってやつもある。俺は、自分の船をいろんなマリーナに入れてみたが、信じられないような船が並んでいることもある。一艘《そう》何億なんてのがな」

「昔の話だろう」

「いまは確かに少なくなったが、あるんだな、やっぱり」

メインが運ばれてきた。ライスは、やはりうまく炊けていなかった。この程度のカフェレストランに似合っている、とも言える。コーヒーの味も、見当がついた。

昼食を終えると、私は波崎と別れ、一度事務所へ行った。児玉が、ランチクルーズに出ているので、一応無線の連絡を入れてみる。静かな湾に錨《いかり》を打ち、あまり揺れないようにして、コックに火を使わせているらしい。

変ったことは、なにもなかった。この季節にしては、クルーズの予約があまり途切れずに入っているが、カリーナⅡを出すほどの忙しさでもなかった。

山崎有子が、パソコンのキーを打っている。私の事務所でもそんなものを導入し、ホームページでクルーズの募集などをしている。波崎もパソコンをいじるが、私はからっきしだった。

「出かけてくるよ」

山崎有子に、声をかけた。

「四月からのアルバイト、検討していただけました、社長?」

「別な用事に追われている。まあ、二人ぐらいは仕方がないと思ってるが、船上作業ができるやつじゃないとな」

「そんなのも、検索できますよ、これで」

山崎有子が、パソコンを指さして笑う。私よりずっと歳上《としうえ》なのに、三か月でマスターした。

「俺が、テストして決める。船の上で動かしてみなけりゃ、なにもわからんさ」

午後二時を回ったころ、私は酒屋に寄ってバーボンを一本買い、恩田商会の寮に行った。夕方からの約束を取りつけておくためである。

吉田は、管理人室で退屈そうにしていた。

「遊漁船で、いい船長がいる。紹介したいんだがな」

「そりゃ、いつでも」

吉田は、私がデスクに置いたバーボンにちょっと眼をやった。連中が仕掛けた集音マイクは、波崎が元に戻している。集音マイクということは、電話の盗聴だけでなく、この部屋の様子を探りたがっている、ということだ。電話の盗聴ならもっと気の利いたやり方があるそうだが、集音マイクの性能は相当なものだと波崎は言った。いまは、ここを集中的にウォッチしているだろう。

「俺のポイントを教えろったって、そういうわけにはいかんぜ」

「そんな船長じゃない。底の大物を狙おうってやつさ。ハタとかムツとか、電動リールを使ってやる。沖の瀬の手前の深場で、そういうところがあるらしい」

「そいつは、これからいいかもしれないな」

吉田が釣りの話に乗ってきたので、私はひとしきり喋り続けた。連中がいくらここをウォッチしようと、釣りの話をしているかぎり、疑念をさし挟まれることはないはずだ。

「封、切るなよ」

ウイスキーを指さし、私は腰をあげて言った。仕事が終るころに来る、というふうに吉田は解釈したようだ。なにも言わず、頷《うなず》いた。

恩田商会の寮を出ると、私は群秋生の家へ行った。

黄金丸が、尻尾《しっぽ》を振って近づいてくる。私はガレージを覗《のぞ》きこみ、マセラーティ・スパイダーがないことを確かめた。ホテル・カルタヘーナの駐車場にもなかったので、川中はどこかへ車で出かけているということだ。

山瀬は、庭の手入れをしていた。

「ソルティ、入ってこい」

ガレージを確かめただけで帰ろうとした私に気づいたように、群秋生が居間の窓を開けて呼んだ。仕方なく、私は家へ入った。

居間の暖炉には火が入れられていて、私は入ると革ジャンパーを脱いだ。

「まったくいいところへ来たもんだ。俺は横文字を読みすぎて、ちょっと気分転換をしたいと思っていた」

群は、玉を撞《つ》く気になっていた。自分のキューの、ジョイントの具合を確かめている。私も、キューを選んだ。夕方までは、待つしかないと思ったからだ。

「英語の本を読んで、面白いんですか、先生？」

「面白い本なんて、滅多にないな」

「小野さんが言ってましたよ。読書では、先生はもう眼鏡が必要だって」

「なんだと？」

秘書の小野玲子は、日曜は休みである。

「老眼鏡のことでしょう」

群秋生との勝負は、いつも神経戦ではじまる。一発食らったのを紛らわせるためか、群は、無言でタップにチョークを擦《こす》りつけはじめた。

12　暗転

恩田商会の寮にむかって、突っ走った。

波崎から連絡が入り、私は群秋生に罵《のの》られながら、ビリヤードの勝負を途中で放《ほう》り出して飛び出したのだ。

恩田商会の寮に電話を入れたら、吉田とはまるで違う声が出たという。波崎は、S市の連中の動きを監視していて、途中で確認する気になったようだ。

恩田商会の寮に着くと、私はそ知らぬ顔で管理人室へ入っていった。見知らぬ男がひとり、吉田のデスクに座っていた。

「誰だい、あんた？」

私の方が先に言った。

「管理人だがね。おたくは？」

「若月って者だよ。ここの管理人は吉田ってやつだぜ。何年も前から、そうだよ」

「吉田に緊急事態が起きたので、私が代りに来ている。つまり、今日だけの管理人ということだ」

「緊急事態って？」

「それは、私は知らないね。ここを留守にするわけにいかないので、一時間ちょっと前に、私が来たんだ。会社に行けと言われた。会社は、恩田商会に頼まれたんじゃないのかな」

「会社ってのは、どこのなんていう会社だ」

「S市の、マンションなどの管理専門の会社だが、それがおたくとなんの関係があるんだね」

「俺の携帯に、吉田から連絡は入らなかったよ。緊急事態と言われてもな」

「それも、私に関係ないね。なぜ、吉田がおたくの携帯に連絡しなけりゃならんのか、その事情までは知らないが」

「友だちなのよ、俺たち」

私は、いつも私が腰を降ろすパイプ椅子《いす》で、煙草に火をつけた。

「俺は今夜、吉田に付き合ってくれ、と頼まれていたんだ。なんだかよくわからないが、寝るわけにはいかないらしくて、一緒に飲もうってことになってた」

「ほう、寝るわけにいかないって？」

「だから俺は、酒を一本吉田に預けといたんだよ。やつには借りがあったんでね」

「これかね？」

男が、デスクの抽出《ひきだし》を開け、私が持ってきたバーボンを置いた。

「ひと晩、寝るわけにはいかなかったのか、吉田は。どうしてだろう。日曜の夜で、客はふた組しかない。その食事の手配も、もうしてあるっていう話だったが」

「とにかく、俺はここでひと晩、吉田と付き合うことになってた。理由は知らんよ。俺と吉田じゃ、喋ることはいくらでもあるからね。釣りの仕掛けを教え合うだけでも、何時間もかかる。お互いの、秘密のポイントも探り合う。おまけに自慢話が入れば、ひと晩じゃ足りない」

「そんなこと、なにも言っちゃいなかった」

「だから、おかしいんだよ。やつから頼んできたことだぜ」

喋りながら、私は男を観察していた。黒縁の眼鏡をかけているが、どうやらレンズに度は入っていないようだ。三十歳ぐらいで、小柄だった。特に、特徴らしいものはない。恩田商会と胸に縫い取りの入った作業服だが、躰《からだ》に合ってはいなかった。

連中のひとりかもしれない。ならば喋ることに気をつけるべきだったが、あっさりと引きさがるのも不自然だった。

「吉田の連絡先は？」

「知らないよ、そんなことは。私は、ここで鍵《かぎ》なんかの引き継ぎをしただけで、吉田についてもまったく知らない」

「あんた、会社の名前は？」

「どうして、それをおたくに言わなくちゃならない。いきなり管理人室に入ってきて、ひと晩泊るもなにもないだろう。吉田の引き継ぎ事項の中には、そんなものは入っていなかった。なんなら、吉田の携帯にでもかけてみればいいじゃないか」

「そうだな」

吉田の携帯の番号は知っていた。遊漁船に乗っている吉田に、情報を聞いたことが何度かあるからだ。

電波の届かない場所にあるか、電源が切られている、というインフォメーションが流れた。留守電にすらなっていない。

「おかしいな。やつ、留守電にはしているはずだがな」

「電波が届かないんだろう」

「あんた、ほんとにS市の人間か、このあたりは山の上と岬に中継所があって、一年前からは、カバーできない場所はなくなったんだよ。海の上からでも、しっかり繋《つな》がる」

「じゃ、電源だ」

「俺は何年も吉田と付き合ってるが、この時間、電源が入っていなかったことはないね」

「緊急事態だって話だからな」

「だけど、俺は吉田に頼まれたんだぜ、今夜ひと晩付き合えって、なにか連絡ぐらいはありそうなもんじゃないか」

「知らないね。いい加減にしてくれ」

S市の、なんという会社なのか、ということから私は話題をそらせていた。その方がいいと思えたからだ。

私は、二本目の煙草に火をつけた。

「禁煙なんだがね」

「吉田は喫《す》ってる。だから、ここには灰皿が置いてあるのさ」

「私は、喫わない」

男にむかって、私は煙草をくわえたまま、肩を竦《すく》めて見せた。男は表情も変えず、じっと視線をむけている。男の手、眼差《まなざ》し、挙措《きよそ》、そのすべてに、私を警戒させるものはなかった。こういう男を、私は知っている。山南定男《さだお》といった。海に消えていったが、山南はナイフ遣いだった。拳銃《けんじゆう》を相手にしてもナイフでたちむかえた、私が知っている唯一の男だ。

「まったく、なんて野郎だ。連絡ぐらい寄越《よこ》しゃいいのによ」

煙草を消し、私は腰をあげた。

「ウイスキー、いいのかね？」

「抽出に放りこんでおいてくれ。あいつ、今夜ひょっこり帰ってくるかもしれないし、またってこともあるから」

返事も聞かず、私は管理人室を出た。

車に乗りこみ、しばらく走ってから、波崎の携帯を呼び出した。

「しっかりと、管理人をやるつもりだな。連中のひとりかもしれん。どの程度の腕かは、読ませなかった」

波崎のポルシェは、トンネルを出て、この街に入ったばかりだった。

「いま、駐車場の前を通る。待てよ。白いクラウンはいる。中に人もいるな。二人。吉田じゃない」

「S市には？」

「三人。一台の車で走り回っていた」

「人数は合うな」

「吉田は、どこかへ拉致《らち》されたんだと思う。そちらを捜す方が先だな、ソルティ」

「やつにしちゃ、とばっちりだからな」

私も、吉田のことは気になっていた。拉致されたにしろ、二、三発は食らったかもしれない。そしてどこかに閉じこめられているか、縛りあげられているか。いずれにせよ、気のいい釣り好きの男が、理由もなく痛い目に遭っていることは確かだろう。

「ほかのやつらを使って、捜すぞ、波崎」

「それがいいだろう。俺は、吉田を見た人間がいないかどうかを、まず当たることにする」

私は、オートバイで待機していた連中を、携帯で呼び出した。人捜しなどには、多少の経験を持っている。危険が及ばないかぎりは、これまでも協力してくれた。

しかし、長い時間協力して貰《もら》う必要はなかった。

波崎からの携帯が、神前川の河川敷で、吉田の屍体《したい》が発見されたことを伝えてきた。

私は、車を神前川の方へ回した。なにかが甘かったのではないか。私は、それだけを考え続けていた。

すでに、警察車も到着していた。屍体を隠そうという気すら、なかったようだ。

「躰には、かなり傷があるそうだ。顔見知りの刑事が、そう言ってた」

車を降りてしばらく歩くと、野次馬の中から波崎が出てきて囁《ささや》いた。

「すぐに屍体が出たってことは？」

「それだ、ソルティ。俺たちが仕掛けた罠《わな》が呆気《あっけ》なく見破られたとしか思えん」

「じゃ、あそこの管理人は？」

「ほんとうに、S市の管理会社から派遣された可能性もある。無論、調べてみるが」

それだけ聞くと、私は車に戻った。波崎は、なにも訊《き》こうとしなかった。

恩田商会の寮の管理人室に、その男はまだいた。

「ウイスキーかね、やっぱり？」

「あんた、ほんとにS市の管理会社から来たのか？」

「また、その話か」

「吉田が、殺された」

「えっ？」

作ったような驚きではなかった。一瞬、なにが起きたかわからないような表情だ。

「すぐに、ここへ警察が来るぜ」

「なにを言ってる。なにが警察だ。私はS市の青山《あおやま》建物の社員で、ここは、吉田の休日に出勤する契約になってる。今度は、不意に頼まれた。非番の私が呼び出されて、ここへ来たんだ」

男は、社員証のようなものを、デスクに出した。

「吉田とは会ったのか？」

「きちんと、引き継ぎをしたよ」

「吉田ひとりか？」

「迎えに来たという男が、二人」

「一緒にいたんだな。その時の、吉田の様子は？」

「慌てていた。会社に電話があった時から、ひどく慌てていたそうだ」

私は、眼を閉じた。

甘く考えすぎていた。それだけは、確かなようだ。そしてその甘さが、なんの関係もない吉田を死なせた。

私は、外へ出た。すでに、陽《ひ》が落ちかかっている。弾《はじ》けそうになるものを抑え、私は車まで歩いて、煙草に火をつけた。

口の中が塩辛い。たまらないほど塩辛く、それが全身にしみこんできそうだった。ソルティというニックネームが、いまいましかった。

13　猫

客は、私と波崎だけだった。

もう少し時間が経《た》つと、客が現われる可能性はある。しかし、波崎の部屋で飲もうという気分にはならなかった。『オカリナ』で飲もうと言ったのは、私の方だ。月曜と火曜が定休日という店で、ママの吉崎悦子《よしざきえつこ》がひとりでやっている。もう五十をいくつか過ぎたのか。亭主殺しで三年懲役に行っていて、それを隠そうともしていない。ここで商売をしていられるのは、姫島の爺《じい》さんのひと言があったからだった。

「二人とも、人でも殺してきたって顔だね」

吉崎悦子は、カウンターにボトルと氷を置くと、腰を降ろして自分も酒を飲みはじめていた。カウンターの中で、時々はオカリナを吹く。それは悪くなかった。

「どこで、どういうふうにして発覚したか。俺はずっとそれを考え続けていたが、これだというものが、どうしても見つからない。それに、トリックだと見抜いたんなら、あんなことをする必要はない。放っておけば、俺たちがひとり相撲を取るだけだ」

確かに、吉田は拉致され、全身傷だらけにされて殺された。なにも知らない吉田が、なにか自白できたはずもない。吐かないので徹底的に締めあげ、死なせてしまったということか。

「交替要員ってのは、ソルティ？」

「週二日。土日ではないな。S市の方から来ていたはずだ」

私は、はじめて口を開いた。

「間違いない、という感じではあった」

「はじめは、臭《にお》ったんだろう？」

「臭わなかった。あまりに臭わないんで、逆にその裏にあるものを読んだ」

「待てよ、ソルティ」

あの交替要員が、連中のうちのひとりか、連中が雇った人間だったとしたら、罠はまだ進行中ということになる。しかし、屍体が出た意味が、それでわからなくなってしまうのだ。屍体は、隠しておいた方が、連中には都合がいいはずだ。

「おかしなことだらけだよな、ソルティ」

「まったくだ」

「そして俺たちは、取り返しのつかないことをしちまった」

波崎は、自分でオン・ザ・ロックを作っていた。この店で出される氷は、ロックグラスにようやく入るほどの大きさだった。大きすぎるものも、小さすぎるものもない。

私は、何本目かの煙草に火をつけた。

どう考えても、致命的な失敗はしていない。しかし吉田は殺され、これみよがしに屍体は放置されていた。

「川中と坂井の姿がない」

呟《つぶや》くように波崎が言い、オン・ザ・ロックを呷《あお》った。群秋生の家のガレージに、マセラーティ・スパイダーがないことを、私はとうに確認している。

「もうひとつ、なにかが同時進行しているのかもな」

私が言うと、波崎が頷いた。

なにかが進行しているとしたら、それは川中と坂井の手による、と考えるのが、一番無理がなかった。きのうの二人の動きを見てみても、私たちより核心に近いところにいることは間違いないだろう。

「おまえたち、どうしたのさ。波崎はさっきから酒を飲み続け、若月は煙草を喫《す》い続けて、まるで酒と煙草の競争だよ」

吉崎悦子が言った。

人がひとり死んだ。それは、ありふれたことであるはずはなかった。しかも、私自身で死なせたようなものだ。

「オカリナ、吹いてくれよ、ママ」

気が向かなければ、吉崎悦子は決してオカリナを吹かない。私が吹いてくれと頼んだのも、はじめてだという気がする。

吉崎悦子が腰をあげ、酒棚の隅に並べられているオカリナのひとつを取った。

曲が流れはじめる。聴いたことがない曲だった。どこかもの悲しく、しかしその先に妙な明るさがある。私は煙草を消し、ウイスキーを口に運んだ。

どういう思いが、吉崎悦子のオカリナにこめられているのか、私は知らない。考えたとも、ほとんどない。しかし、いつも心を揺さぶる。その揺さぶり方は、圧倒的でもなく押しつけがましくもない。自然に、なにかを思い出させるような、さりげない揺さぶり方だ。聴く人間は、それぞれ違う思いを抱いて、このオカリナに耳を傾け、それぞれの揺さぶられ方をしているに違いなかった。

曲が終った時、私は吉崎悦子に酒を注いだ。波崎はうつむいている。

金を払って、店を出た。

「俺たちは、俺たちのやり方で決着をつけるしかないな、ソルティ」

「なにかが、同時に進行しているとしてもだ、波崎。吉田の屍体が晒《さら》されただけで、まだ結果が出たわけじゃない」

「それにしても、こたえた」

「オカリナがか？」

「それを聴きたいという思いも含めて。こんな失敗をしたのは、はじめてだという気がする」

しばらく、並んで歩いた。波崎はコートを着ていたが、ボタンをかけようともしなかった。

「ダミーだと気づいたぞ。そういう連中の示威《じい》じゃないのかな、吉田の屍体を晒したのは。連中も手探りなのさ。きのうは、川中のマネキンに騙《だま》されて、駈《か》け回っている。今日は、電話だ。いつまでも騙されない、と連中は屍体を晒すことで、川中に伝えようとしたんじゃないかな」

「つまり、俺たちの姿は、連中には見えてないということか、ソルティ？」

「でなけりゃ、屍体を晒す、いや吉田を殺す意味さえない。無視すりゃ済むことだったんだ」

「すると、俺たちがつけこむところは、どこかにあるってことになる」

「川中のことは考えずにやろうと言ったが、ここはうまく隠れ蓑《みの》に利用させて貰おうじゃないか」

「川中は、まだ秋山安見を押さえていない。連中とやり合っているのがその証拠だ。そう思おうというんだな。俺も、そう思う。こんな情況なら、川中は秋山安見を見つけたら、完璧《かんぺき》に保護するだろうしな」

「連中のうちの二人は、まだ駐車場にいるんだろう、波崎？」

「続きをやろうってか、ソルティ？」

「いまできること。考えても、それしか浮かばない。恩田商会の寮が、ダミーじゃなかったと連中が思ったら」

「当然、派手に動くな。そこで、連中のひとりか二人は押さえられるかもしれん。しかしな、ソルティ」

波崎が言おうとしていることが、私にはよくわかった。酒と煙草とオカリナで爆発しそうな自分を抑え、考えることで落ち着こうとしていても、心の底にあるものは、殺意に似ていた。

連中のひとりか二人を押さえたとして、いまの自分たちなら殺してしまうかもしれない。波崎はそう言おうとしているのだ。

「腕一本。それでやめよう、波崎。やめられると思い定めてから、動こう。いや、俺はやめられる。つらい死には、何度も出会った」

「つらい死にはな。無意味に人を死なせたことなんて、俺たちにはない」

「無意味も、つらいよ、波崎」

「そうだな。確かにつらい」

風が吹いていた。私の四輪駆動車と、波崎のポルシェを駐《と》めた場所に来ても、すぐには乗りこまなかった。

「俺も、耐えてみるよ、ソルティ。おまえ、俺を興奮させたりするなよ」

「わかった。お互いにだ」

「それで、どうする」

私たちは、五分ほど段取りを話し合った。その程度の段取りしか、できはしないのだ。

それから、それぞれの車に乗りこんだ。

私は、恩田商会の寮まで突っ走った。目立つほどのスピードで、時には百キロ以上出した。車も、そのまま玄関の脇《わき》に停《と》めた。

管理人室に飛びこんだ。

「おい、頼みがある」

「あんたか、いい加減にしてくれ。警察の事情聴取で、一時間も同じことを訊かれ続けたんだ。吉田が死んだのには同情するが、私はとんだとばっちりだ」

「俺は今夜、ここで吉田と飲むことになってた。一応、名目はそうだが、実は空いている部屋をひとつ貸して貰う話がついていたんだ。金も払ってあった」

「私は、知らない」

「あんた、引き継いでいるはずだ。今夜ひと晩だけだ。いま、若い女の子を連れてくる。その子を、ただ客として扱って、ひと部屋貸してくれりゃいい」

「駄目だね。そんな引き継ぎはしていない」

「じゃ、いまするさ」

「待てよ」

「待てないんだ。あんたに迷惑はかけん。縛られて、じっとしてろよ」

私の手の中で、男はしばらく暴れた。それから、気を失ったのではなく、諦《あきら》めたように大人しくなった。

「怪我《けが》はさせないでくれ。この仕事ができなくなる」

「明日の朝まで眼をつぶっててくれりゃ、なにもなかったのと同じだ」

私は、ロッカーを捜して、荷作り用の紐《ひも》を出し、男の手足を縛りあげた。

デスクの下に、集音マイクがついているのは確認した。

「川中さん、うまく行った。このまま、この場所はキープできると思う。一階の三号室。そこがいい。二組の客は、みんな二階だし」

それだけ言い、私はキーボックスからプラスチック板のついたキーを二つ取った。

一階の三号室のドアを開け、明りをつけた。隣の部屋はドアだけ解錠した。

管理人室では、男が大人しくソファに横たわっていた。

「こちらに、異常はないよ、川中さん。吉田がなぜ殺されたかわからないが、ここへは警察も来ている。かえって安全だと考えていいと思う」

波崎が、なにか怒鳴るようにして言っている。多分、ポルシェをぶっ飛ばしているところなのだろう。

「ここしかないんだ、いま確保できる場所はね。でなけりゃあんた、ひと晩車で突っ走ってなきゃならなくなるぜ。いいかね、俺もいるんだ。二人で守れば、なんとかなる。明日の朝、秋山安見は動かせばいい」

電話を切った。

集音マイク。まったくいまいましいが、まだ役に立つはずだ。そしてうまくすれば、すべて川中の動きだと連中に思いこませることもできる。

私は男の躰を担ぎ、一階の三号室の隣に運んだ。

それから、庭を抜け、塀を乗り越えて外へ出た。

しばらくして、ポルシェが突っ走ってきた。波崎が、誰かを抱くようにして駈けこんでいく。私は、塀のかげでじっと待っていた。やがて、波崎が塀を乗り越えてきた。

「誰を連れていった？」

「マネキンだ。川中の真似《まね》さ。ベッドで静かにお休みだ。テレビは小さくつけてきたがね。隣の部屋では、誰かが動く気配があった」

「それでいい。ここで待とう」

「まったく、役者にでもなった気分だぜ。昼間から、俺は芝居のし通しだ」

「いい役者さ、波崎。連中が来てくれればの話だが」

息をひそめた。

なにかが動いたが、通りを横切る猫の姿だった。

14　スタンガン

待ったのは、一時間ほどだった。

車が一台やってきて、恩田商会寮の玄関の近くから徐行し、走り去った。建物全体は、つまりどの部屋に明りがあるかなどということは、もっと遠くから確認できる。私たちの車があることを確かめたのだろう、と私は思った。

車二台がやってきたのは、それから三十分ほど経ってからだ。私と波崎の動きは、速かった。車の姿が門内に消えた時は、すでに門のところに立っていた。乗っているのは四人で、三人が中に入って行った。ひとりは、車に残っている。

待ちもしなかった。同時に、這《は》うように動き、助手席側に回った波崎がドアを開けて拳銃を突きつけた次の瞬間、私は運転席のドアを開け、男の首にロープを巻きつけていた。体重をかけて引き摺《ず》り出す。男は、気を失っていた。手早く、男の両手を針金で縛りあげ、首のロープはそのままにして、後部座席に放りこんだ。ドアを閉めた時、波崎はもう車を発進させていた。

中央広場のそばの駐車場に車を入れ、波崎が用意していた軽トラックに乗り換えると、リスボン・アヴェニューを真直《まつす》ぐに突っ走り、トンネルを抜け、S市の市街地に入る前に林道に乗り入れた。四キロほど走ったところで、軽トラックも進めない道幅になる。そこから百メートルほど、男を担いで斜面を這い登った。草の中に転がしても、男は無言だった。

小さな火を燃やし、まず男の所持品を調べた。丸裸にした男は、木の幹に縛りつけ、谷川の水を汲《く》んできて頭から浴びせた。この寒さでは、躰が凍えて身動きができなくなる。所持品からは、なにも出なかった。電圧が調整できるようになっている、スタンガンがひとつ出てきただけだ。運転免許証さえ持っていなかった。

「喋って貰う。結局、喋ることになるんだ。耐え続ければ、廃人だからな。苦しい思いをする前に喋るかどうか、選択の問題だ」

男の顔に懐中電灯の光を突きつけ、波崎が言った。

「夜が明けるまで、まだ七、八時間はある」

私は、なにか隠されていないかどうか、男の靴まで調べているところだった。呻《うめ》き声があがった。スタンガンを男の躰に当て、波崎が引金を引いたようだ。

「最高電圧にすると、これは気絶するな。改造したスタンガンらしい」

「殺すなよ」

「殺す道具として、これを持っていたわけではないだろう。しかし、こめかみに当てて連続的に撃てば、こいつの脳ミソは砕けた豆腐みたいになるね。九ボルトの小型のバッテリが直列で三個だ。二、三時間は撃ち続けられる」

「それでやるか。動脈を切り開いて、血を少しずつ搾り出すという手もあるが」

「まあ、脳ミソの方がこわいだろうと思う。ロボトミーの手術と同じ効果かもしれん」

私は、薪になる枯枝を集め、積みあげた。斜面の途中の平坦《へいたん》な場所で、よほど近づかないかぎり、林に遮られて火も見えないはずだ。

谷川へ降り、もう一度水を汲んできて、男の頭から浴びせた。軽トラックには、ロープから木刀、シャベル、バケツなどまで積んであった。造園業者を装うために用意した軽トラックが、そのまま役に立ったのだ。

それからも、私は火の具合を見たり、ポットをかけるための石を積んだりすることを、闇《やみ》の中で続けた。なにかしていなければ、男を殴り殺してしまいそうな気がする。

「はじめるぞ」

波崎が言った。憂鬱に近いものと、激情に似たものが、心の中に同居している。

「心配するな。死なせない。絶対に死なせない。死ぬより苦しい思いを、いつまでも味わうんだよ、おまえ」

男の耳のそばで、私は囁いた。男の躰は小刻みにふるえていたが、それは寒さのためだろう。

「はじめに、頭に刻みこんでおけ。おまえが喋るのは、自分およびほかの五人の名前、どういう組織かということ。誰に、なんの目的で雇われたかということ。殺さないが、廃人になる限界だと思う。脳ミソが毀《こわ》れそうだと思ったら、すぐに喋ることだな」

それから、私と波崎はしばらく火のそばに立っていた。

「弱くして、やってみてくれ」

私が言うと、波崎はスタンガンを私の眉間《みけん》に当て、引金を引いた。頭に、かすかに痺《しび》れるような感じがあった。次には、こめかみに当ててくる。

「交互だな。やつの顔を見ていて、苦痛が多そうな方を、続けざまにやったりと、方法はその場で選択しよう」

「わかった」

波崎が、スタンガンを持って、男のそばに立った。眉間、こめかみ。交互に、五秒ほどの間隔をおいて撃っていく。はじめは、大した衝撃はないだろう。しかし、脳が揺さぶられる。考えがまとまらなくなり、それが恐怖を呼ぶ。スタンガンの経験はないが、重たい砂の袋で、ゆっくりと軽く打ち続けたことはある。

懐中電灯の明りの中で、男は眼を閉じ、唇を引き結んでいた。十五分続けたところで、一度やめた。これで終りか、と男は思っているだろう。そんなはずはない、という気持もあるだろう。私と波崎は、沸かした湯にインスタントコーヒーをぶちこみ、ブリキのカップで飲んだ。カップは熱く、はじめは持っていられないほどだった。

私が、スタンガンを握った。男に近づき、眉間に当てると、続けざまに三回撃った。それからしばらく休み、こめかみに三回。それを四度くり返したころ、こめかみを撃った時の男の表情が、わずかに変化した。眉間を一回、こめかみを三回。それをくり返した。そして、十五分続けたところでやめた。

黙って、煙草を喫《す》った。男の顔に、光を当てる。吐く息の白さが、目立っていた。呼吸が、荒く、深くなっている。躰より、脳に効きはじめているのだろう。

波崎がスタンガンを持って近づいた時、男ははじめていやがる素ぶりを見せた。

「喋る。なんでも、喋る」

五分ほど撃ち続けた時、男がはじめて口を開いた。波崎は、構わず続けていた。私でも、そうしただろう。男は、まだ考える力を残している。計算もできる。そういうことすらできなくなる時が、いずれくるはずだ。
十二、三分経ったころ、男は頭を振り、長く尾を曳《ひ》く叫び声をあげた。それでも、十五分経つまで、波崎はやめなかった。
二杯目のコーヒーを飲み、煙草を喫った。

私がスタンガンを持って立ちあがると、男は失禁した。しばらく、湯気が匂《にお》いとともにたちこめていた。男が頭を振り回せないように、鼻の下にロープを当て、幹に固定した。こめかみに、スタンガンを当てる。男がなにか喚《わめ》いたが、私は構わず引金を引き続けた。男の全身から、湯気がたちのぼりはじめる。時々、痙攣《けいれん》もはじまった。それは肩や腕から、脚に及び、やがて全身が痙攣した。それでも、十五分、私はやめなかった。終った時、男はほとんど意識を失っていた。燃えた枝の先を、胸に押し当てた。肉が焼ける臭《にお》いがしても、男はすぐには反応しなかった。

激しい反応を示すのは、スタンガンをこめかみに当てた時だけだ。

「名前？」

「田崎良介《たざきりようすけ》」

スタンガンの引金を引いた。男が、全身を痙攣させた。

「名前？」

「田崎良介」

「ほかの五人は？」

「加部《かべ》、鈴木《すずき》、千田《せんだ》、水野《みずの》、山上《やまがみ》」

「どこの組織だ？」

「東京の、情報分析センター」

「メンバーは？」

「十七人。全員、警察、自衛隊ＯＢ」

「仕事の内容は？」

「企業の情報収集。収集の仕方は、盗聴、脅迫、強奪」

「つまり、非合法の組織だな。誰が、おまえらを雇った？」

「久納」

「それだけじゃ、わからんな」

久納という名を聞いて、私も波崎も緊張していた。

「久納均《ひとし》という名しか、わからない」

「なるほど」

ありそうなことだった。

「全部、パソコンでのやり取りだ」

「どういう仕事を、依頼された？」

「村井雄一《むらいゆういち》と秋山安見という大学生二人を、捕えて監禁しろ。ガードが付く可能性があるので、慎重にやるようにと」

「監禁して、どうするつもりだ？」

「それは、知らない。ほんとうだ」

私は、スタンガンの引金を引いた。田崎が全身を痙攣させ、脱糞《だっぷん》した。

「嘘《うそ》を言える状態じゃなさそうだ、これは」

波崎が言い、田崎の胸に薪の火を押しつけた。しばらくして、田崎が眼を開いた。

「ほんとうだ」

呟くように、言い続けている。

「この街に入った二人を、捕まえろと依頼されたのか？」

「それ以前だと、ずっと簡単だったと思う。この街で捜して見つからなくなってから、われわれに依頼が来た」

「その前は、誰が追っていたのか？」

「素人の探偵事務所の連中が。われわれの、十分の一以下の費用で仕事を受けていた」

「S市に、腰を据えたな。その理由は？」

「探偵が見失ったのが、S市だった。そして、S市に、村井雄一の家がある」

「寮や保養所という施設に、集音マイクを付けてウォッチしたのは？」

「村井の父親が、管理人をしていた。涼風荘《すずかぜそう》という東京の会社の寮で、二年前まで。二年前に父親は死んでいるが、ほかに関係がありそうなところが見つからなかった。あとは、S市のマンションが十棟ばかり」

「それは？」

「村井の父親の友人関係。管理人が集まって、組合を作っているが、中心で動いていたのが村井だった」

波崎が、煙草に火をつけた。

なぜ村井雄一と秋山安見の二人が、S市に入ったのかは、わからない。涼風荘という寮があることは、波崎も私も知っていた。そして、久納均の名が出てきた。

夜が明けはじめていた。

「少しは、二人の足取りを摑んだのか？」

「S市で一度。あんたに攪乱《かくらん》されて、結局は逃がした。そして、今度」

川中や坂井と私たちの区別が、まだついていないようだった。一体だと思っているのかもしれない。

川中がS市で連中を陽動したのが、どういう意味があるか、私にはよく読めなかった。村井雄一と秋山安見の動きを察知させまいとしたのか。それとも、連中を引き回し、その能力を測ろうとしたのか。

「なぜ、吉田を殺した？」

「吉田？」

「恩田商会寮の管理人だ」

「こちらも、引っ張り回されているだけではない、と教えた方がいいという結論になった。プロで、相当の報酬も貰っているのに、S市ではいいようにされた。だから、あの管理人を締めあげ、なにも吐かないので屍体を利用することにした。誰かが二人を匿《かくま》っているとしたら、警告にもなる」

「それだけで、なにも知らない人間を殺したのか？」

「あの男は、間違いなく、秋山安見を匿うつもりだった。われわれは、その先手を打った」

つまり、私たちの罠は、見破られたわけではなかった。それどころか、ほんとうだと相手に思わせた。それで、吉田は死ぬことになった。やはり、私たちが殺したとしか言いようがなかった。

「久納均について、知ってることを言ってみろ」

「なにも。前金で、ひとりあたり二百万入っている。仕事が終れば、さらに二百万。金が余っている男なんだろう」

「人を殺さざるを得なかった。そんな理由で、さらに百万ぐらいは上乗せしたんじゃないのか、おまえら？」

「上乗せは、二百万だと聞いた」

「それは、東京の連中が交渉しているのか？」

「交渉の専門家がいる」

「おまえのように、仕事に失敗したら？」

「多分、前金だけだろう」

「それでも、一応金は貰えるってわけだ」

田崎は、また躰を小刻みにふるわせていた。寒さが、躰に入りこむ状態になってきたのだろう。こめかみにスタンガンを当て、私は引金を引いた。田崎が、叫び声をあげる。全身を痙攣させ、叫び続け、それから気を失ったようにぐったりとした。

「頼む、やめてくれ」

「やめられないな」

「喋った。知ってることは全部、喋ったんだ。頼む、スタンガンだけは、やめてくれ」

「おまえの武器はスタンガンで、それで、ほかの連中の武器はどんなもんだ？」

「加部がナイフ、鈴木は拳法《けんぽう》、千田は狙撃《そげき》、水野と山上は、盗聴とか、解錠とかのプロだ」

「チームか？」

「三チームある。それに、交渉したりする人間がひとり」

「あとの二チームは？」

「ひとつは、中国に入って仕事をしている。もうひとつは、北海道の仕事だ」

「大繁盛だな」

波崎が言った。

私は、三発、続けざまにこめかみを撃った。田崎は、声さえあげようとしなかった。白眼を剝《む》き、気を失っただけだ。

「相当のことがわかった、と言うべきなのか。なにもわからなかったのか」

「期待した程度のことが、わかった。そういうことだと思う、ソルティ」

「こいつを」

「殺そうと思うなよ」

「思っちゃいない」

「しばらく、再起不能にしてやればいい。ひとり欠けただけで、連中は連携がやりにくくなるだろう」

「どうやる？」

「まあ、こいつに服を着せよう。熱いコーヒーを一杯飲ませてやる」

波崎は、田崎の頰を叩《たた》いて眼醒《めざ》めさせ、ロープと手首を縛っていた針金を解いた。

しばらくうずくまっていた田崎が、のろのろと衣服を着けている間に、私たちは焚火《たきび》の始末をし、斜面を降りて軽トラックのところまで行った。田崎も、なんとか斜面を降りてきた。眼は、もう死んでいる。生き延びようということしか、考えていないようだ。

荷台に載せて、林道を走った。街道の一キロほど手前で、運転していた波崎が、軽トラックを停めた。降りて行く。

すぐに、短い叫び声が聞えた。

戻ってきた波崎は、黙って軽トラックを発進させた。私は煙草を出し、波崎にも一本くわえさせた。街道に出た。晴れた日で、路面のアスファルトが陽の光を照り返し、濡《ぬ》れているように見えた。

「殺したわけじゃないよな、波崎？」

「山南のやり方だ、ソルティ。あいつが、よくやっていた」

山南定男。勝手な思いを抱き、勝手に暴れ、勝手に海に消えて行った。男だった。私は、山南が死んだとは思っていない。薔薇《ばら》を栽培し、時々、人の人生の幕を降ろしに行った男。忘れないかぎり、人は死なないのだ。

山南がやっていたのは、切れ味の鋭いナイフで、アキレス腱《けん》を切断することだった。相手とむかい合うと、頭から突っこみ、転がる。その時は、アキレス腱を切断している。薔薇の花を切るように、あっさりとやったものだ。それで、相手の戦闘能力は失われる。

「二本ともか？」

「ああ」

「吉田の命と引き替えだからな。一本は、俺に切らせるべきだった」

「まあ、そう言うなよ、ソルティ。おまえ、子供の父親じゃないか」

私なら、最後の最後に、殺したかもしれない。なにかの時に自分を抑えきれない私の性癖は、父親になっても治ってはいなかった。波崎は、それも読んでいる。

「残り、五人か」

「雇われた連中はだ、ソルティ」

「久納均の名が出てきているからな」

「まったく、久納一族ってのはよ」

トンネルに入った。

そこを抜けると、陽の光の中に、いつもの街があった。

15　血族

カリーナⅡのバウバースで寝ていた私に、野中が声をかけてきた。正午前だった。

「川中って人が、事務所へ来ました。社長を捜してます。携帯が切られてたんで、俺が迎えに来たんです」

発電機は作動させていたので、暖房は効いていた。私は湯を出して顔を洗い、歯を磨いた。

「昼めしを一緒に、と言っておられました」

「わかった」

「連れて来いと言われて、俺、なんとなく逆らえなかったんですよね。威圧されたってわけじゃないと思うんですけど」

「心配するなよ。いまから行く。逆らえないのは、俺も同じさ」

不精髭《ぶしょうひげ》など、放っておくことにした。

私は車を転がし、ホテル・カルタヘーナへ戻ると、事務所へは行かず、川中の部屋へ直行した。チャイムを押すと、入れという返事がすぐにあった。

川中は、セーター姿でリビングにいた。

「暴れたようだな、ソルティ？」

「思い切りというほどじゃありません」

「いま、群先生がここへ来る。人が死ぬのはあまり好きじゃない、と俺に電話をくれた。なぜか、俺にだ。死にそうなやつと昼めしを食おう、と言ってある」

「俺が、死にそうなんですか？」

「悪く思うな。一番手頃なのが、おまえだったんだ。波崎は、プロの色が強すぎる」

私は、なにかあるたびにそこに首を突っこみ、塩辛い思いに顔をしかめている、ただの軽率な男としか見えないのか。こみあげてきた不満を、私は煙草をくわえることで抑えこんだ。

しばらく、この街の話をした。私が、この街の生まれであること、数年間この街を離れ、戻ってきていまの会社をはじめた、というようなことを、ぽつぽつと喋った。

食事を運ぶカートに乗って、群秋生が現われた。

「川中さん、誕生日はいつだ？」

いきなり、群秋生が言う。

「とうに過ぎましたよ。去年の十月」

「やっぱりね。私はなんとなく蠍座《さそりざ》だろうと思っていたが、間違いはなかったみたいだな」

「確かに蠍座ですが、それがなにか意味があるのかな？」

「大いなる意味が。蠍は生殖器の星座ですからね。秋山安見と川中さんの因縁は、最終的には男女関係に結びつくのではないか、と考えてしまいましてね」

「あり得ない。死んだ友人の娘です」

「そこだな、いまの混乱は。秋山安見を自分の女にしてしまったら、いま川中さんが抱えている問題のすべては、解決します」

「それなら、悪魔に魂を売っても、安見を抱いてしまいたいな」

「魂は、悪魔に売るためにあるんですよ。去年の十月で、もう五十一歳か、川中さんは。なにか純粋なものを守りすぎていますね。そんな純粋さの無意味が、わかってもいい年齢なのに」

「友だちが、大事なんです。先生」

「およそ、小説のモデルにはならないタイプですよ、あなたは」

「先生の小説のモデルにはね。主人公は、いつも悲劇を選択していく。俺は読んでいて、やりきれなくなるな」

「自分のやりきれなさを、他人に押しつける。それが小説家の仕事ってやつです」

「言えてるのかな、それは」

川中が、声をあげて笑った。この男の笑顔にも笑い声にも、言葉では言いにくい切なさが滲《にじ》み出す。それは、やりきれないというより、胸を衝《つ》くという感じだ。

食事の支度がダイニングにできている、とメイドが告げに来た。

食卓につくと、川中はメイドを退《さ》がらせた。

「人が死んだようだな、きのう」

「これからも、死にそうだ」

群が言った。私は黙って、魚介のサラダにドレッシングをかけた。テーブルが大きいので、ドレッシングなども三人分に分けてあり、手をのばさなくても済む。

「吉田という寮の管理人が死んだのは、間接的には俺にも関係あるかもしれない。まあ、その程度なんですがね」

「間接的である、直接的であるということなど、この街には関係ないんですよ。きわめて変った街でね。久納義正氏も、その点については、あなたに語っていないはずだ。ある意味で、あの人は恥じていますからね」

「変った街であることは、なんとなく肌で感じてはいますよ」

「それを、もっと具体的に知っておくべきだろう、と私は思って電話をしたんです。これ以上死人が増えるのも、いやな気がしますし」

「この街の、具体相か」

「説明は、ソルティの方がいい。私も、よそ者ですから」

言われて、私はナイフとフォークを置いた。

「通りの名前、わかりますか、川中さん？」

「スペイン語ふうの、気障《きざ》な名前があるな。一瞬、なんだと思ってしまうような」

「それだけですか？」

「普通というか、昔ながらというか、そういう名の通りもある。交差点もそうだ」

「大体の傾向で言えば、横文字の名の通りは、この街の南北を走っています。昔ながらの名は東西を。神前川より東の地域にかぎられたことですが」

「それで」

「この街を象徴しているんです、それが。つまり、新しいものと古いものが、直角に交差している。ぶつかり合っているんです」

メイドが声をかけ、スープを運んできた。私は、魚介のサラダを口に押しこんだ。メインの肉の焼き具合を訊かれる。三人とも、レアと言った。メイドが焼くのではなく、コックがやってきて調理するのだ。

「古いものと新しいもの。因習と改革。口で言えばそんなものだが、ほんとうは人の心の中の情念が拡大されているにすぎない。つまり、きわめて人間的な街である、ということでもあるんですよ、川中さん」

群が、口を挟んだ。さすがに、私よりずっと言葉は的確だった。

「つまり、古いものと新しいもののぶつかり合いではない。片方が古いものに拠《よ》り、もう片方が新しいものに拠っている。それだけのことなのですよ」

皮肉な口調で、群が続けた。

ステーキが運ばれてくる。川中という男は、五十一になっても、昼間から四百グラムのステーキを平らげるつもりらしい。

しばらくは、群の御託を聞きながら、ステーキを食った。新しいものと古いものは、車から芸術に及び、やがて人間の記憶についての話になった。食事の間は、本題を避けたという恰好《かっこう》だった。群は肉を三分の二は残し、私は川中に張り合ってすべて平らげた。川中が、リビングにコーヒーを運ばせた。

リビングに戻って腰を落ち着けた時、群の話は測ったように終った。三人とも、葉巻に火をつけた。グロリア・クバーナというやつで、めずらしいものだと姫島の爺さんが言っていたような気がする。

「そこで、この街には、久納一族という存在がある。それを語るのは、ソルティの方がいいだろうな」

とろりとした煙をうまそうに吐きながら、群が言った。

「久納義正氏も、その一族なんだな。俺はあの爺さんとは、N市の公共事業のことでちょっとやり合った。それから、好きになった。味のある公平さを持った男だよ。N市のシティホテルの建設は、だからあの爺さんのところに頼んだ」

「そうですか。しかし、姫島の爺さんの話をする前に、俺が子供のころからのことをもう少し喋ります」

コーヒーが、いい香りをたちのぼらせている。それと、葉巻の香りが混じり合う。

「俺がガキのころ、いや十八でこの街を出るまで、ここは実にのどかな村だったんですよ。

およそ十五、六年前までですがね」

川中は、コーヒーを飲んでいた。群は、口を挟む気はないらしい。

「俺がまだ十歳にもならないころは、久納一族には征一郎《せいいちろう》という当主がいたんですよ。姫島の爺さんの長兄に当たるそうです。間に二人男がいたそうですけど、戦死してます。姫島の爺さんは、征一郎の末弟ってことです」

葉巻が消えないように、私は時々喫《す》っては煙を吐くことをくり返した。

「そのころは、すべてが久納家でしたね。婚姻も葬儀も、誰がどこでどういう商売をするかというところまで、久納家の了解が必要だったんだと思います。久納征一郎が死んだのは俺が十二歳のころで、村全部が喪に服しましたよ」

幼いころ、海岸はまだプライベートビーチなどにはなっていなくて、どこで遊ぶのも自由だった。私はどこにでもいる田舎の子供で、夏は海、それ以外の時は山で遊んでいた。そういう私にも、久納家という意識はあった。

「征一郎には、息子が三人いました。満《みつる》、均、そして忍信行です」

「ほう、ここの社長か」

「忍さんだけは、正妻の子じゃありません。それで、東京でちゃんとした仕事をしていたんですが、ここへ戻らなきゃならないことになって」

「少しずつ、わかってきたな」

「まず最初の問題は、交通事故です。なにかの交渉でスペインに行っていた二人が、プライベートで車を出したらしいんです。つまり、満と均ですよ。カルタヘーナというところで大事故に遭い、満の方は膝《ひざ》が砕けた程度だったんですが、均は重態だったって話です。長く東京の病院にいましたが、数年後に戻ってきて、それからはずっと街のはずれに住んでいます。下半身不随で、車椅子生活ですよ」

「事故の時、ハンドルを握っていたのは？」

「満の方です」

私は葉巻を喫った。すでに、火が消えていた。女と同じようなところがある。手をかけて気をつけていなければ、火は消える。葉巻用の長いマッチで、私は火をつけ直した。

「この街の問題のすべては、S市と繋がるトンネルができたところからはじまるんです。それには、姫島の爺さんも関係していたらしい。トンネルがなけりゃ、海沿いの道を何キロも走って、やっと街道に出て、そこからS市に入ることしかできなかったんですから。トンネルは、S市を動かして、姫島の爺さんの会社が中心になって掘ったようです。こんな発展の仕方をすると、爺さんは夢にも思っていなかったでしょう」

「神前亭という旅館は、昔からあったんだそうじゃないか」

「一軒だけです。久納一族の本拠でした。征一郎が作ったもので、満が受け継ぎました。トンネルが通ってから、いきなりホテル・カルタヘーナができたんですよ。東京から戻った均が、建てたものです。カルタヘーナという名前だけでも、あてつけを超えて、凶々《まがまが》しいものを感じますね」

「じゃ、ここのオーナーは、均なんだな？」

「忍さんは、実質的な経営をするために、東京から呼び戻されたんです。いずれ、東京に帰るつもりもあるでしょう。奥さんや娘は東京に残していますから。半身不随になった兄の要請を断れなかった、というところですかね」

「それで、ここは急速にリゾートタウンになっちまったってことか。居心地は確かに悪くないが、どうも鼻持ちならないな」

「大変な変りようでした。十年前に、俺は戻ってきたんですが、その時はもう、いまのかたちはできあがっていましたね。神前亭とホテル・カルタヘーナの競争が、異常なエネルギーを生んだんだと思います」

「そしていまも、満と均の兄弟は、対立したままか。兄弟である分、和解もしにくいんだろうな」

「神前川の西側は、姫島の爺さんのものなんです。自分の土地の開発を爺さんは一切させず、植物園にしてしまいました。その中にバラ園もあるし、馬場もある」

「観光資源にはなってるな。川の西側があれだけゆったりしているんで、この街のどこかに余裕が感じられる。贅沢《ぜいたく》さが際立っているわけで、それは久納義正氏にとっては、皮肉な結果ということか」

「まあ、そうです。爺さんは、姫島にひっこんじまいましたし、この街をいつもいまいましい思いで見ているでしょう」

「表面的に、兄弟の抗争の匂いはないが、底流にそれがあるというのは、俺のようなよそ者にも、なんとか感じられる。爆発しないように押さえているのが、久納義正氏とここの忍社長だな」

葉巻に火はついていたが、コーヒーは冷めていた。

川中は、葉巻を持ったまま、しばらくなにか考えていた。群は、黙りこんでいる。窓から見える海は深い色で、白い帆を張ったヨットが走り抜けていく。ほんとうのヨット好きは、ちょっと海が荒れるこの季節を好む。

「どうやら、俺は血族の争いの中に踏みこんじまったらしいな。はじめは、そういう認識はまるでなかったんだが」

「秋山安見を、捜してるんでしょう、川中さんは。それだけでいいんでしょう？」

「安見には、連れがいてな」

「村井雄一ですね。この街ではなく、S市の出身だ」

「村井の名まで、摑んだのか。おまえ、やっぱり相当なことをやったな」

「この街のトラブルは、この街のやり方で片付ける。川中さんには、それを伝えたつもりでしたが」

「おまえらが昨夜から活躍してくれたおかげで、俺は非常に動きやすかった。安見を見つけられそうだったんだ。取り逃がしたがね」

「捕まえなきゃならないんですか？」

「危険な連中が動いている。それに安見は、秋山菜摘、つまり母親に、別れを告げるようなことを言ったのさ。わざわざ東京から戻ってな。強い娘でね。実の母はフロリダで殺され、父はN市で殺された。すべてに耐えてきた娘が、そんなことを言った。それで、菜摘の父親代りのような画家が、心配した。俺が動いたのは、もともとその程度のことだったんだ」

「いまは、違うんですか？」

「認識が、その程度だったってことさ。あの娘が、あれだけのことを言ったんだ。一緒にいる村井雄一に、多少の問題はあるのだろうと思っていた。しかし、それがなにかも摑めないまま、危険な連中とやり合う恰好になっていたんだ。坂井が、調べあげてきたよ。今朝、報告を受けた」

「なんです？」

「村井雄一は、久納満が栄子《えいこ》という女に産ませた子供だそうだ。栄子は東京のホステスだったが、出産のために故郷のS市に戻り、やがて満とも切れて、村井という男と結婚した。

村井は、二年前に死んでいるが、雄一が満の子供であることは知らなかったらしい」

「雄一は？」

「満の方からの接触で、事実を知ったらしいんだが、受け入れていないようだ。かなり強力に接近されたようだが」

久納満にはひとり息子がいたが、やはり三年ほど前に死なせていた。後継者に、血の繋がりを求めたということなのだろうか。

「ところが、もっと以前から、雄一と接触していた男がいた。まだ、雄一が十歳ぐらいの時からだ」

「久納均ですね」

「それも、知ってるんだな。じゃ、ここ二、三日動き回っていた連中を雇ったのが、均ということも知っているな」

「そこまでですね、俺が知っているのは。村井雄一が満の息子だったということは、知りませんでした。それで、いくらか見えてきたところはあります」

「血の争いの、おかしなところに雄一は巻きこまれているよ、ソルティ。具体的なところはわからんが、根底にあるのは血だ」

「均には、子供はいませんからね」

「俺は、血の関係が、よく読めなかった。群先生も、そこのところをよく見ろと言ったんだ。おまえと話して、はじめてわかった」

群は、黙りこんだまま葉巻の煙を吐いていた。これからどうするのか、訊こうとして私は口を噤《つぐ》んだ。

窓の外を見る川中の眼が、はっとするほど暗かったからだ。

16 獲物

別々に動こう、と川中と話した。ただし、連絡は取り合う。違うグループが二つ動いているということになれば、連中は混乱するはずだった。

「村井雄一が久納満の子だったってことが、どうして坂井ってやつに調べられたんだ。そのところが、おかしいと思わないか、ソルティ？」

波崎は、坂井が漂わせている凄味《すごみ》を、よく知らない。一度話をすれば、この男ならなんでも調べられるのではないか、と理由もなく思えてくるだろう。私は、そうだった。

「それに、村井雄一は、なんのためにこっちへ来ている。それも、秋山安見を連れてだ。親父《おやじ》のところへ戻れば、久納均からも守ってくれるだろうに。どうも、わからないことが多すぎないか？」

「確かにな。だが、関係だけはかなりわかってきた。理由は、最後にはわかる、と思おうじゃないか」

「それで、俺たちがあのプロを潰《つぶ》すのか、ソルティ？」

「全部じゃなくてもいいさ。いま、ひとり欠けてる。やつら、チームなんだ。二人欠けたら、力は半減すると思う」

「それは、わかるが」

「久納満と話し合う。久納均に、やろうとしていることを諦《あきら》めさせる。それは、連中が引き揚げてからのことだろう」

「五人か、相手は」

「今度は、身を隠すわけじゃない。こっちから追いこんでやるんだぜ」

波崎が、肩を竦《すく》めた。私は、野中のオートバイ仲間を三人動員して、すでに連中の行方を捜させていた。野中のオートバイ仲間は、もう暴走族《ゾク》というには大人になりすぎていた。

それでも、こんなことは嫌いではない。

波崎はS市へ行き、私は街の中を詳しく捜すことにした。昨夜スタンガンで痛めつけ、アキレス腱《けん》を二本切った田崎は、もう静かに姿を消したのだろう。それが、プロというものだ。

密《ひそ》かに捜すということを、私はやらなかった。平気で街の中を訊《き》き回り、車も自分のものを使った。ポケットには、短いナイフが一本あるだけだ。

自分たちの街を、いいようにされてたまるか、とどこかで考えていた。それがいくら気に食わない街であろうとだ。

二時間ほど、走り回った。午後四時近くになっている。日向見通りで、私はミラーの中の車に気づいた。白いありふれた車で、二、三台の車を間に置いて、何度か私の後ろについている。

むこうから、出てきてくれたようだ。

私は二の辻《つじ》をちょっと過ぎたところで車を停《と》め、サンチャゴ通りの裏の歓楽街をしばらく歩き回り、顔見知りの何人かとつまらない立話をした。どこかで見張っているのだろうが、さすがに尻尾《しっぽ》は出さない。

狭い路地に入り、ほとんど躰《からだ》を横にしなければ通れないような壁と壁の間を抜けた。この街の地理に関しては、いわゆる鼠《ねずみ》の穴までこちらは知っている。

サンチャゴ通りに出てから、私は自分の車まで走った。歓楽街を歩き回った私を、連中は尾行《つけ》ることはできなかったはずだ。そこでなにかを摑《つか》んだ。走っている私の姿は、連中に充分それを想像させるだろう。ついでに、私は携帯電話を出して、なにかがなり立てる仕草もして見せた。

自分の車。急発進させた。そのまま日向見通りを走り、神前川を渡り、植物園に入った。そこまで来ると、連中はもう追ってくることを隠そうともしなかった。

バラ園のそばで私は車を停め、木立の中に駈《か》けこんだ。追ってきた車には、二人乗っている。一台だけだろう。二台いて、三人以上だったら、私に運がないということだ。二人までなら、なんとかできる。

立ち止まって、待った。

駈けてきたのは、二人だった。スーツ姿などではない。ジャンパーを着て、ズボンも靴もラフなものだ。立っている私を見て、二人は素速く二手に分れた。さすがにプロという動きだった。

「なんだい、あんたら。ここはバラ園の林で、関係者以外は立入禁止になっているんだが」

「田崎を、どうした？」

右のひとりが言った。田崎は、仲間になにも告げずに、立ち去ったことがわかった。

「田崎をどうしたか、と訊いているんだ」

「知らない名前だね」

「いやでも、吐くさ」

左の方が、ジャンパーのポケットに手を入れた。多分、加部という男だろう。ナイフを得意にしている。最後の最後まで、武器を見せようとしないのは、やはりプロだ。

「吐くって、なにをだね。俺の胃の中にゃ、大したものは入ってないよ」

死んだ山南の真似《まね》を、私はしていた。にこにこと笑いながら、あるいは用事でもあるような感じで、相手に近づく。それが山南のやり方だった。

右の男は、少し片足を前に出して構えている。手は動かしていないが、どうやら拳法《けんぽう》で、鈴木というのがこいつだろう。

プロが二人。どうということはない。

「なにか、誤解してないか、あんたら？」

私は、ナイフの方に近づいた。ポケットのナイフは摑んだままだ。二歩。さらに、一歩。男の手が動いた瞬間、私は倒れこんでいた。確かな感触があった。立とうとしたが、私はもうひとりに蹴《け》り倒されていた。肩のあたりだが、私は手からナイフを放さなかった。

また足が飛んできた。転がることで、私はかろうじてかわした。しかし、立ちあがれない。ひとりのアキレス腱は切ったはずだが、それ以上のことはできなかった。山南なら、アキレス腱を二本ぶった切って、立ちあがり、身構えていただろう。

もうひとりの足。かなり強烈だ。脇腹《わきばら》に食らったら、肋骨《ろっこつ》は砕けるだろう。続けざまに飛んでくるので、身を起こす余裕さえなかった。腕に食らった。痺《しび》れ、ナイフを持っているのかどうかも、わからなくなった。ただ転がり続けた。

不意に、肉を打つ音がした。私の躰に、衝撃はない。倒れた男が、立ちあがろうとしていた。私は、上体だけ起こした。坂井。身構えもせず、立っていた。それだけで、相手を圧倒している。

男が、跳躍《ちょうやく》した。坂井がどう動いたのか、私にはよく見てとれなかった。跳躍中の男の動きが不意に変り、木の幹に背中を叩《たた》きつけられるのが見えただけだ。

それでも、男は立ちあがってきた。坂井は、じっと立ってそれを見ていた。男が、身構える。無造作に、坂井は男に近づいた。二人がぶつかったと見えたが、男だけが糸の切れた人形のように頽《くずお》れた。白目を剝《む》き、下肢を痙攣《けいれん》させている。

もうひとりの男は、片足を抱えてうずくまっていた。

坂井が、私に近づいてくる。手を差し出された。私も片手を出すと、強い力で引き起こされた。

「無茶をやるな、あんた」

「その気になりゃ、二人ぐらいはと思った。思った通りに、なかなかいかないもんだ」

「アキレス腱をぶった切ったのは、なかなかの技だった」

「友だちの技でね。ちょっと真似てみようかと思った。あいつなら、二本ぶった切って立ちあがり、もうひとりの首か胸を切っただろう」

「そいつは？」

「死んだよ」

「そんなもんだ」

無表情に言い、坂井は携帯を出した。なにか喋《しゃべ》っている。私は、うずくまった男のそばへ行き、背後から躰を探った。山南は、少なくとも三本はナイフを持っていた。

そいつも、やはり袖《そで》と脛《すね》にナイフを隠していた。

電話を終えた坂井が、煙草《たばこ》を差し出してくる。私がくわえると、坂井は使いこんだジッポの火を出してきた。

「ソルティだったな？」

「若月って名前がある」

「うちのボスが、ソルティと呼んでる。だからソルティだ。悪いがソルティ、この二人を預からせてくれないか？」

獲物を横から奪われる気分が、ないわけではなかった。しかし、私は頷《うなず》いていた。二人を残していかれても、面倒なだけだ。

「俺を、尾行《つけ》てたのか、坂井？」

「まあ、そんなところだ。派手に動き回っていたからな」

坂井の車は、黒いスカイラインＧＴＲだった。その車の姿を、私は一度もミラーで捉《とら》えていない。この男はひとりで、プロよりも巧妙に尾行たということなのか。

「この二人、どうするんだ？」

「さあな。いま迎えが来る」

それ以上、坂井はなにも言わなかった。

私は、波崎に連絡を入れた。水野と山上を倒した、と波崎は言った。殺した、とは言わなかった。戦闘力を奪ったということだろう。

「倒したのはいいが、川中がいてね。まあ、二人で倒したようなもので、身柄はくれと言われている」

「こっちも同じだ。加部と鈴木。坂井に身柄を渡したところさ」

六時に、『てまり』で落ち合うことにした。

「あとひとりだな。千田って男が残ってる。こいつは、スナイパーらしい。あまり俺たちに近づこうとしないだろうから、一番厄介かもしれん」

「いいさ。むこうが近づいてきた時に、倒す」

「おい、坂井よ。鉄砲玉が飛んでくるんだぜ。簡単なことじゃない」

「馴《な》れている」

「鉄砲玉にか？」

「危険に身を晒《さら》すのにだ」

私は肩を竦めた。同じ人種だが、取りつく島はない。

しばらくして、ワゴン車が一台やってきた。驚いたことに、運転しているのは水村だった。坂井が頭を下げる。水村はなにも言わず、乗せろと仕草で示した。

17　背中

背中がひとつ、カウンターに見えた。

私が待ち合わせたのは波崎で、この男ではなかった。

私は隣に腰を降ろし、煙草をくわえた。坂井が、ちらりと私に眼《め》をくれた。カウンターの中で、宇津木がはっきりとそうとわかるほど、緊張している。

「ブナハーブン、ストレートで。よかったら、こっちの旦那《だんな》にも一杯だ」

宇津木が、坂井に眼をやった。坂井の前には、ショット売りの水割りが置かれている。

「そいつは、塩辛いのか、ソルティ？」

宇津木の表情が、緊張した。私は、気を許した人間以外に、ソルティと呼ばれるのは好きではない。それで喧嘩沙汰《けんかざた》になったことが、何度かあった。

「塩辛いというより、いくらか磯臭い。小さな島の水を使うんでね」

「貰《もら》おう、一杯」

ほっとしたように、宇津木がストレートのグラスを出した。

「川中さんが、来るのか、坂井？」

「いや」

「こんなところで、ひとりで酒を飲んだりもするのか？」

「待人来たらずってとこだな。もっとも、約束の時間より、ちょっと早い」

「俺と、同じだ。相手は女じゃないがな」

「俺もだ」

注がれたブナハーブンを、坂井は口に放《ほう》りこむようにして飲んだ。

「バーボンじゃないんだ。スコッチだぜ、シングルモルトの」

「これが、俺の飲み方でね。これ以外の飲み方は、奢《おご》られた時には絶対にしない」

「まるで、眼の前からすぐに消しちまうように、か」

坂井が、口もとだけで笑った。

六時ぴったりにドアが開き、波崎ではなく水村が入ってきた。宇津木は、明らかに驚いた表情をしている。私も驚いたが、表情には出なかったはずだ。水村が、およそこの街のバーで酒を飲んでいたところなど、誰も見たことはない。

「俺の奢りで、よろしいでしょうか？」

丁寧な口調で坂井が言う。悪いな、と水村が返した。ほとんど、映画でも観《み》ているような気分に、私はなった。

「こうして飲むの、何年ぶりかな？」

「十四年です」

「もう、それぐらいにはなるな。俺が、兄貴の歳《とし》を超えてしまっている」

「藤木さんのジッポ、いまも遣ってます。俺に遣う資格があるのかどうか、いまだにわからないんですが」

「あるさ」

水村が、出されたウイスキーにちょっと鼻を近づけた。

「兄貴は、あのころよく、川中さんとワイルド・ターキーを飲んでた。いまでこそよくあるウイスキーだが、あのころはめずらしくてな」

「俺も、藤木さんと最初にやったの、これです」

「おまえは、早く死んだと思ってるだろうが、長生きしたさ、兄貴は。あれだけ何人も人を殺して、刑務所《なか》にもいて、とんでもねえやつらに追い回されても、死ななかった」

「あんな人でも、死ぬ。長い間、俺はそれが不思議でした。あんな人でも、死ぬ時は死ぬ。考えてみりゃ、当たり前なんですが」

「俺もだよ、坂井。兄貴が最初に人を殺したのは、俺のせいでもあった」

「そうだって、うちの川中から聞いてます。俺が言っていいことかどうか、わかりませんが」

低い声で、水村が笑った。私は、水村の笑い声を聞くのも、はじめてだという気がした。水村が煙草をくわえ、坂井がジッポで火をつけた。儀式のようにさえ、それは見えた。水村が煙草を口にするのを見るのは、間違いなくはじめてだった。二度ほど口から煙を出し、水村は煙草を揉《も》み消した。

「俺は、兄貴みたいに生きられはしなかった。会長に会っていなかったら、ただの能なしの人殺しだろう」

「藤木さんは、そうは言ってませんでしたよ」

「そうだな。兄貴は、俺を買ってくれてた。買って貰って嬉《うれ》しいと思ったのは、兄貴と、それから会長だけだ」

昔話が、淡々と交わされているだけだった。それでも、そばで聞いていると、鳥肌が立つような気分になった。

「ジャズだな」

BGMを耳にとめたのか、水村が言った。月曜日は、ジャズがかけられる。火曜はシャンソンで、水曜はファド。なにもかもが、私にとっては当たり前になっている。当たり前の生活の中で、当たり前でないことが起き、当たり前でないことをしてきた。それが、私にとってのこの街だったのだ。

この街で生きているかぎり、私はほんとうに当たり前になることはないだろう。

ブナハーブンを呷《あお》った。ワイルド・ターキーは特別な味がするのだろうか、と私はふと思った。特別の味がする酒を、私はなにも持っていない。

「川中さんは、どこまで本気なんだ、坂井?」

「どこまでも、本気ですよ。一度動きはじめたら、どこまでもです。そばにいて、俺はできることをやるしかありません。そんな男なんですよ」

「だろうな。兄貴が、心の底から惚《ほ》れた男だ」

「藤木さんがやってきたことを、俺はこの十数年、やろうとしてきました。駄目ですね。川中は、とても俺なんかがついていける男じゃありません。藤木さんだけでした。あの人を止められるのは」

「今度のことで、川中さんはどうして本気になってしまったんだ」

「秋山安見が、友だちの娘だからです。秋山さんが死んだ時に、娘を託された、とあの人は思ったでしょう。そう思ったら、自分の命などよりずっと大事だ、ということになるんです。そういう人ですよ」

「わかるな。会長と同じだ。会長が心を許している人間なんて、片手で数えられるぐらいだ。その中のひとりに、川中さんは入ってる。似た者同士というやつだな」

坂井が、喫《す》っていた煙草を揉み消し、ストレートのワイルド・ターキーを呷った。新しく注いでいいのかどうか、宇津木が迷っていた。もう一杯と言われてから注げ、と私は言いそうになった。

「ソルティ、やつらの中で田崎ってやつがいたはずだが?」

坂井が、いきなり私の方へ顔をむけた。

「なんだよ、坂井。いきなり訊くな。俺は水村さんがいるだけで、かなり過敏になっちまってるんだからな」

「なぜ？」

「まず、水村さんがこんな店に来ることは、ほとんど考えられない。次に、酒癖がどうなのかということが、わからない。暴れはじめたら、俺はすぐに逃げ出そうと思ってるんでね」

「まず、逃げる必要はない。おまえと水村さんの関係は知らないが、質問しているのは俺だ」

「田崎ってのは、確かにいた。俺と波崎に、いろいろ喋ってくれた。それから、どこかへ消えた。言っておくが、墓場なんかじゃないぜ」

「なるほど、わかった」

「簡単にわかるなよ、坂井。この街は、複雑すぎるほど複雑なんだ。よそ者に、簡単にわかって貰いたくはないな」

「街のことなんか、俺は知らんよ。田崎って男を、おまえらがどう扱ったか、知りたかっただけだ」

「この街があるから、どうしようもないことも起きる。そのあたりが、おまえにゃわかっちゃいねえんだ」

「わかる気もないんだ、ソルティ。俺は、川中さんと、秋山安見が、無事にN市に帰ってくれれば、それでいいんだよ」

「帰りの車を用意しました。そう言えば帰るタイプの人間でもないしな」

「ひとりだけ、残っている。スナイパーだというから、ひとりで動くことも考えられる」

「だからどうした、と夕方言ったばかりじゃないか、坂井」

「俺を狙《ねら》ってくれればな」

川中が狙われる。それだけは、坂井も阻止したいのだろう。そして川中は、弾が飛んでこないところで、じっとしていようという男ではない。

「水村さん、あんたは今度の件に、どんなふうに関《かか》わってるんだ?」

「俺になにか訊いて、答が返ってきたことがあるか、若月?」

私は肩を竦めた。確かにこのところ、水村とは敵対関係というばかりではなくなっている。しかし、友好関係に転じたというわけでもなかった。

とにかく、水村が出てきたということは、姫島の爺《じい》さんが動きはじめたと考えていいのだ。久納満や均は、ただの大金持だが、姫島の爺さんの力は、二人合わせたとしても比較にならないほど大きい。

川中がこの街へ来てから、おかしなことばかりだった。坂井が現われるし、その坂井は水村と旧知のようだ。水村には、およそ友人と名のつく存在が不似合いだが、川中に対しても、普通ではない態度を取っている。

「捕まえた四人は、どうしたんだ。それは、俺にも訊く権利が多少はあるんじゃないか?」

「若月、おまえ山南みたいな真似をしたそうじゃないか?」

「ふん、あの技、山南だけで終らせるのは勿体《もったい》ないと思ったんでね。俺が勝手に受け継ぐことにしたんだよ」

「やめておけ。おまえは、おまえのままでいい。山南は、死すれすれのところで、あの技を身につけてきたんだぞ」

「めずらしいね。あんたが俺に説教かい」

「忠告だ」

「俺も忠告だがね、あんたものんびりとこんなところで酒なんか飲んでない方がいい。姫島で、ドーベルマンと一緒にいるのが似合ってると思う」

「たまに、こんなことがある。それだけのことだ」

携帯が鳴った。『てまり』は地下ではないので、電波は届く。私は、携帯を耳に押し当てて、外へ出た。

「千田ってやつを、逃がした。惜しいところだったんだが」

波崎だった。遅刻の言い訳をしているようだ。

「ジュラルミンのアタッシェ。多分、分解して収納したロングライフルだと思う」

「こっちは、水村と坂井だな」

「やり合ってるのか？」

「いや、旧交を温めてる。しんみりと、酒を飲んでるよ」

「水村がか？」

「ああ、水村がだ」

「また、大雪かな。とにかく、千田はこの街に入った。ひとりでも、仕事をやる気なんだと思う。それだけの報酬も、呈示《ていじ》されているんじゃないかな」

波崎は、この街に入ってから、千田を見失ったということだ。スナイパーなら、単独で動くことにも馴れているのかもしれない。

カウンターに背中が二つ並んだ店に、私は戻った。やけに似た背中だ、と私は思った。かたちはまるで違うが、発する雰囲気が似ている。

「千田が、この街に入ったそうだ。波崎が見失ったところを見ると、身を隠す方法は相当心得ている」

私が言っても、二人はなんの反応も示さなかった。

私はブナハーブンを自分で注ぐと、ひと息で飲み干し、店を出た。ふう変りな二人を相手にしていると、私までおかしくなりそうだ。

18　銃弾

狙撃《そげき》をするとしたら、誰が標的か。

私は車を転がしながら、それを考えていた。

村井雄一と秋山安見を拉致《らち》するという仕事の内容は、五人が潰された段階で別のものに変った可能性は大いにある。二人を狙ってくるのか。それとも、別の誰かか。

波崎と、マリーナの事務所兼倉庫で落ち合った。この季節、マリーナは人が少ない。

「誰を狙っているのか見当がつけば、狙撃の場所の見当もつくんだがな」

「村井雄一や秋山安見ではない、という気がする。考えてもみろよ、村井や安見は、まだ居所がはっきりしていない。スナイパーが動く段階ではないんだな」

「ほかに、思いつく人間がいるか、ソルティ？」

「さてと、俺やおまえであるわけがない。居所がわかっていて、大物ということになると、久納満ということになるが、いまごろ命を狙うなら、とうの昔にやっているはずだ。均は、満が人生で苦しむのを見たがっているんだからな」

「大物と言えば、川中良一かな？」

「居所は、わかる。しかし、ホテル・カルタヘーナの部屋だ。均にとっちゃ、自分のところだぜ」

「関係ないだろう、均にとっちゃ。忍さんが知ると、烈火《れっか》のごとく怒るだろうがね」

私は、ホテル・カルタヘーナの部屋を狙撃できる場所を考えた。

どの部屋からも、海が見える。しかし、お互いには見えない。部屋はひとつひとつ独立していて、木立で遮られているのだ。あそこを狙うとしたら、海からだ。しかし、船上というのは考えにくい。ならば、ビーチの松林の上。ビーチレストラン、ビーチカフェとありきたりの名で呼ばれている、二つの建物の屋根。川中のいる部屋からビーチまで、およそ二百メートル。いくらか角度がある場所から狙っても、三百メートルというところだろう。プロなら、狙える距離だ。

波崎も、同じことを考えていたようだ。

「川中はどこだ、ソルティ？」

私は、ホテルに電話を入れた。川中は、部屋に戻ったところだという。

「行こう、波崎」

波崎のポルシェで突っ走った。

川中の部屋。そこまでは、トロトロとカートで行くしかない。しかし、いま狙われているわけではないのだ。プロのスナイパーは、ほんのわずかな狙撃の機会を狙って、三日でも四日でも、同じ場所でじっとしているという。

千田は、まだ狙撃の態勢には入っていないだろう。撤収の方法まできちんと準備するのが、プロというものだ。しかし、それもわからない。こういう時、波崎をまいて街に潜入したのは、急いでいるということだ。速戦即決《そくせんそっけつ》を狙うのも、またプロと言える。

部屋のチャイムを鳴らした。

「若月です。波崎も一緒です。部屋に入れていただきたいんですが」

「なんだというんだ。地震がきて、この街が海中に消えるという予報でも出たか」

ロックが解ける音がした。

私と波崎は、玄関ホールから、リビングに入って行った。適度に暖房が入っていて、リビングは暖かかった。川中はバスローブ姿で、髪がまだ濡《ぬ》れているようだった。川中の髪はかなり白髪が混じっているが、額の生え際がV字型になっている以外、特に薄くなっているとも思えなかった。濡れた髪は、白いものを隠してもいる。

波崎が、海に面したリビングの窓のカーテンを引いた。

「おい、波崎とか言ったな。俺は、部屋の明りを消して、海を眺めているのが好きなんだよ。カーテンを勝手に引かないでくれ」

「海の景色と鉄砲玉と、どっちがいいんですか、川中さん？」

「海の景色を選ぶな、俺は。たとえミサイルが飛んでこようとだ」

「無茶ですよ、それは」

「もっとひどい無茶をしてきた。ちゃんとした男は、そこで死ぬんだよ。秋山安見の父親がそうだったし、水村の兄貴もそうだった。俺は、死んでいない。つまり、ちゃんとした男じゃなかったということだ。おまえら、その俺を、さらに駄目な男にするのか？」

「そんなことを言われても、いつ狙撃されるかわからない、というふうに俺は読んでるんですよ、川中さん。ソルティも同じです」

「おい、波崎。友だちだと思う男を、何人も何人も死なせた。惚れた女も、死なせた。そんな俺が、自分が生き残るために、カーテンなんか引けると思うのか？」

「それは」

「俺に腰抜けになれと言ってるんだ、おまえは。ソルティもだ。おまえら、男だと気取って生きてきたんだろう。それが、俺にカーテンを引かせるのか。カーテンを引くってことは、男じゃなくなるってことだぜ」

「しかし」

「カーテンを開けろ、波崎。そして、俺がいつも座っている椅子《いす》を、窓際に持ってこい」

「川中さん」

私は立ちあがり、カーテンを開けた。椅子も運んで行く。川中が、そこに腰を降ろした。

私が、葉巻の箱を取り、川中に差し出すと、にやりと笑って一本取った。

「俺は、ここで失礼しますよ、川中さん。波崎は残しておきます。ほんとうに狙撃されるかどうかは、まだわからない。俺は、狙撃位置の見当はつけてますが、ひとつじゃないんです。ここで波崎が見張っていれば、狙撃された場合の位置を、ほぼ正確に摑めます」

「なるほど。面白いな。しかし、俺はひと晩じゅう、ここに座ってなきゃならんのか？」

「眠くなったら、眠っても結構です。それまでカーテンを開けておくということでね。プロですから、赤外線暗視スコープも持ってるかもしれない。明りを消して、海を眺めていて結構ですよ」

「俺は囮《おとり》の標的か。そんなふうに扱われても、複雑な気分になるね。まあ、いいか。眠くなるまで、ここにいよう」

「お願いします」

「俺が今夜狙撃される確率は、どれぐらいだと思っているんだ、ソルティ？」

「わざわざ、今日この街に入ったんです。五分五分の確率はある、という気がしてきました」

「わかった。俺はまだ二、三時間は起きてる。群秋生の本を買ったんでな。読書用のライトだけはつけるぞ」

頷き、私は外へ出た。波崎は、私に言いたいことがあるようだったが、一度大きく息を吐いただけで、隣の部屋へ消えていった。そこの窓から見張ろうというのだろう。

私は、一度本館の建物に戻り、会社に置いてある防寒に役立ちそうなコートなどを持って、外へ出た。湯の入ったポットも、マグカップと一緒に抱えた。ガードマンに出会わないように、敷地を出て、塀伝いにビーチへ出た。まず、松林を見て回り、次にビーチカフェとビーチレストランの周囲を点検した。なんの異常もない。私はビーチの砂を少し盛りあげ、風がしのげる場所を作った。そこに横たわる。携帯電話は、バイブレーターにしてある。

波の音が大きい。それに、風の音が混じる。見えるのはホテルの庭の明りだけで、それは芝のスロープに点々とあった。各部屋の明りも、まだいくつか点《つ》いていた。ようやく八時を回ったところなのだ。

無駄なことをしているのではないかと思ったが、それならそれでいい。波崎も私も、狙撃されるとしたら川中の可能性が強く、そして今夜かもしれない、と思ったのだ。その勘《かん》は、信じてみるべきだろう。

二時間ほど、私は砂に横たわってじっとしていた。点々とあった部屋の明りも、少しずつ減って、いまは三つを数えられるだけだった。弱い光が、ひとつある。読書灯だけをつけた、川中の部屋だろう。一種のスポットライトで、外の景色を見る妨げにはならない。

一度、携帯がふるえた。

「川中さん、読書に夢中だ」

「まだ、しばらくは起きてるってことだな。俺はここにいる。なにか、いやな胸騒ぎがするんだ、波崎」

「俺もだ、ソルティ」

「次の連絡は、川中さんが寝ちまうまで取らなくていい」

「わかった」

私はまた、砂の上にうずくまった。

時々、マグカップに半分ほどの湯を注ぎ、少しずつ飲んだ。会社のロッカーにあった作業用の革手袋をしているので、指が凍えることもほとんどない。

十一時近くになったころだ。

私は、松林の中に、動いているものをひとつ見つけた。ほとんど音はたてていないが、のろのろした動きではない。むしろ、走るのに近い速さだろう。

ビーチカフェの建物のところで、その影は止まった。束《つか》の間《ま》、私は影を見失っていた。

次に発見したのは、ビーチカフェの屋根だった。

躰の動きを拘束するような防寒用のコートを、私は脱ぎ捨て、革ジャンパーだけになった。作業用の手袋はしている。

松林の中を、走った。

ビーチカフェには、機械室が脇《わき》にあり、そこの金網の上からなら、庇《ひさし》に手が届く。金網のところには、寝袋とリュックが置いてあった。今夜が駄目でも、二、三日はどこかに潜んで、夜だけここに登ろうというのかもしれない。

音をたてないように気をつけて、私はビーチカフェの庇に手をかけた。以前よりいくらか肥《ふと》ってはいるが、両腕の力で躰を引きあげることはできた。屋根は四面になっていて、頂上が平坦《へいたん》である。

影は、そこにうずくまっていた。

かすかに、金属音が聞えてくる。ライフルを組み立てているのだろう、と私は思った。少しずつ、這《は》うようにして私は近づいた。スナイパーに、逡巡《しゅんじゅん》はなさそうだ。

銃を組み立て、ぴたりと構えた。

スナイパーの放つ気が、はっきりと伝わってくる。それは急速に高まった。私の予想を超えている。引金を引く。その瞬間が、すでにもう来ている。私は立ちあがった。間に合わない。立ったまま、片脚で屋根を蹴りつけ、震動を伝えることしかできなかった。

銃声は、ほとんど同時だった。

スナイパーがふりむく。私は、飛びついていた。ライフルが、屋根から地面の方へ滑り落ちていった。

組みついたまま、私も落ちた。屋根を両脚で蹴ったのは私の方で、スナイパーの躰を下にしたまま、地面に落ちることができた。

スナイパーは、立ちあがろうとして、できないようだった。顎《あご》を蹴りあげると、それで動かなくなった。

携帯がふるえた。

「はずれた。川中さんの頭より、二、三十センチ上だ」

「スナイパーは、確保した」

「いま、そっちへむかってる。ビーチカフェだな」

私は電話を切り、ライフルを拾いあげた。思ったより、重いものだった。

19　観葉植物

マリーナの事務所で寝ていた私は、波崎に叩き起こされた。

昨夜の狙撃手《スナイパー》は意外な重傷で、病院に運ばざるを得なかった。鎖骨が折れていたのはともかく、頭を打っていたし、内臓のどこかを損傷したらしく、かなりの血尿も出していた。病院では、事故か自殺未遂かわからない、と医師に言った。

あとは、医師が警察に通報しようがしまいが、私たちには関係なかった。警察に事情を訊かれようと、千田という狙撃手が余計なことを言うわけもなかった。

それに、千田からなにか新しいことを訊き出せるとも思えなかったのだ。

「なんだってんだよ、おい。まだ、朝めし前だぞ」

九時を回ったところだった。

「どうも、坂井って男の動きがおかしい。S市からダンプに乗ってきやがった。それも、砂利を満載したやつさ」

「だから」

「眼を醒《さま》せよ、ソルティ。S市からわざわざダンプで来なけりゃならないのは、それだけの理由があるからだろうが」

「どんな？」

「そんなことまで、わかるか。とにかく、おまえにも知らせておこうと思った。俺は、行くぞ」

「どこへだ？」

「坂井がなにをやるつもりなのか、確かめる。まさか、この街で砂利を売ろうってんじゃあるまいが」

私は起き出した。結婚してからは、ほとんど外泊をしたことがない。街にいるかぎり、家へは帰る。

これは外泊と言うのだろうか、と私はまだぼんやりした頭で考えていた。

「どこかで、朝めしを食ってからにしないか、波崎。熱いコーヒーも飲みたいし」

「まあ、この街に入ったプロは、全員潰したんだ。慌てることはないと思うが」

私と波崎は、橋を渡り、中央広場の脇にある小さな店まで歩いた。そこは九時から開いていて、まともな朝食も食えるカフェだった。ベーコンエッグとサラミとクロワッサン。それがまともな朝食かどうかは別として、コーヒーを飲みながら煙草を喫《す》うと、ようやく頭がはっきりしてきた。

「なんだって、ダンプなんだ?」

「それを確かめようと言ってるのさ。いくらか、頭は働くようになってきたようだな」

「それで、坂井はどこにいる?」

「一の辻のそばの店で、やっぱりのんびりと朝めしを食っていた。それを見るかぎり、切迫したものはなにもない」

「GTRが故障したんだ」

「俺はどうも、坂井ってやつが気になって仕方がないんだよ、ソルティ」

私も、やはり気になってはいた。それは川中が気になるのとは、まるで別な意味でだ。行動は読めないにしろ、川中はきわめてわかりやすい。怒りとか悲しみとかが、はっきり表情に出る男だ。坂井は、水村と似ている。なにを考えているか、わからないところがあるのだ。

「俺も気になるが、調べたりするより、直接訊いた方がいいような気がする」

坂井が朝めしを食っているという店は、ここからそれほど遠くない。歩いて五分ぐらいのものだ。

　私は、その店へ歩いて行くことにした。波崎は、マリーナの駐車場に置いてきた車を、取りに戻った。

　村井雄一と秋山安見に対する脅威は、取り除かれているはずだ。とにかく、二人を追っていたプロは、片付けている。あとは、川中が秋山安見を見つけて保護し、村井雄一と久納満が会えば済むことだろう。

一の辻に出た。ダンプの姿はなかった。なんとなく、私はホテル・カルタヘーナの方へちょっと歩いた。場合によっては、事務所へ行って、ちょっとした仕事を片付けてもいい。経理は山崎有子がやっているが、行くたびに質問事項をメモしたものが、私のデスクに置かれている。船にかかった費用など、何年経《た》っても理解できないところがあるらしい。

　しかし私は思い直し、波崎が車を持ってくるのを待とうと思った。

舗道に立って煙草に火をつけていると、いきなりディーゼルエンジンの音が聞えてきた。船のエンジンはディーゼルなので、私はその音については敏感だった。

ダンプが突っ走ってきた。ホテル・カルタヘーナの方向からだ。坂井が運転し、川中が助手席にいるのが、はっきり見えた。

　私は一の辻まで駆け戻り、波崎の車を待った。

かなり時が経過したような気がするが、わずかな時間だったのかもしれない。波崎のポルシェがやってきた。

「急げ。須佐《すさ》街道を真直《まつす》ぐだ」

助手席に乗りこみ、私は言った。

「あのダンプにゃ、川中さんも乗ってた」

「やっぱり、なにかやるつもりだ、あのダンプで」

ギアを落として加速をつけながら、波崎が言った。

植物園の脇を抜け、街を出て海沿いの道に入っても、ダンプはまだ見えなかった。前に遅い車が三台いて、対向車もしばしば来るので、カーブの多い道ではなかなか抜けない。

「あれだ」

私は指さした。かなり先のブラインドのカーブに消えて行く、ダンプの尻《しり》が見えた。波崎がかなり深い中ぶかしを入れ、ギアを二段落とした。加速の圧力で背中がシートに押しつけられた。三台、まとめて抜いていた。

「おい」

波崎が言った。私も、ダンプの行先について、考えていた。街を出て、五キロほど海沿いを走ると、岬がある。その岬全体が私有地で、久納均が住んでいる。

「まさか。川中さんってのは、もう五十を過ぎてるんだ。分別はあるだろう」

「どんな分別だよ、波崎？」

「ダンプで、ひと昔前のやくざみたいに殴りこむ、なんてことは考えない分別さ」

「ひと昔前なんてもんじゃないな、そんな殴りこみは。岬の家じゃ、門番のほかに若いのを四、五人飼ってるだろう。しかも、武器を持ってる可能性が高い」

「だけどな、運転しているのが坂井で、乗ってるのが川中だ」

「川中って男、なにか欠落《けつらく》している。そのくせ、俺たちが失っちまってるものを、そのまま持ってたりする。つまり、時にはガキになるってことだ。どうも、俺もいやな予感がするぜ、波崎」

ダンプは、まだ見えない。波崎は、限界に近いスピードでポルシェを走らせていた。さらに前にいた一台を、ブラインドのコーナーも気にせず、あっという間に抜いた。

「一秒で抜いた。その一秒で対向車が来ている確率は、俺たちの悪運の確率ってわけだ」

喋りながら、波崎はスロットルを微妙に開閉して、テイルが滑るのを避けていた。

岬の家が見えてくる。次に見えたのは、道路を真横に走るダンプだった。ひどい音がした。ダンプは一度後退し、それからまた突っこんで行った。しばらくして、ものの毀《こわ》れる音がした。

私も波崎も、唖然《あぜん》としていた。

「年代ものの殴りこみだ、こりゃ」

減速していた車を、波崎が加速させる。

岬の家の門は、巨人に踏み潰されたように完全に潰れていた。家の前で、門番の老人が茫然《ぼうぜん》として立っている。岬の家には道路に面したその門と、三十メートルほど先に、リモコン操作で開閉するもうひとつの鉄製の門がある。そこには塀があり、その上の鉄線には電流が通っているのだ。敷地の中に作られた塀だから、電流を通したところで、文句をつける人間はいない。よく、鳥がとまり、感電して落ちている、という噂《うわさ》もあった。

二つ目の門も、完全に押し倒されていた。砂利を満載したダンプの重量で、押し倒したという感じだ。まったく、二人ともやることが想像を超えていた。

私と波崎は、二番目の門のところで車を飛び出した。前方に停ったダンプは、砂利を少しだけこぼしていた。

二人の姿が、家にむかっているのが見える。玄関のところに、六人飛び出してきていた。ひとりは、金属バットのようなものを持っている。

二人は、歩調を緩めるでもなかった。

駈け出そうとした私を、波崎が止めた。

ひとりが、刃物を出した。次の瞬間、それは坂井に蹴り飛ばされていた。もうひとりが、拳銃《けんじゆう》を出している。そちらにむかって、川中はずかずかと近づき、いきなり拳銃を摑んだ。顎に一発食らって、拳銃を持った男は仰《あお》むけに倒れた。その間に、坂井が三人を転がし、立っているのはひとりだけになった。

呑《の》むという言葉があるが、まさしくそれだった。出てきた時から、六人は二人に呑まれていた。なにかが、まるで違ったのだ。

　川中が、残ったひとりに歩み寄っていく。私のところからはっきり見えるほど、男は全身をふるわせ、胸ぐらを摑まれると腰を抜かしてうずくまった。

　私は、川中の背後に近づいていった。家の中には、車椅子の久納均がいる。なにをする気かわからないが、川中を一度止めた方がいいような気がした。

　坂井が、私を遮ってくる。立ち竦みそうになるほど、すごい気配だった。表情はないが、触れれば弾《はじ》き飛ばされそうな気配が漂い出している。

「やり合うために、追っかけてきたんじゃない。二人とも、ちょっと落ち着け」

「落ち着いてるさ」

　坂井が、低い声で言った。

「うちのボスだって、落ち着いてる。怒っちゃいるがね。怒っても、この人はほんとうのところで、熱くなったりはしない」

「おい、なにをやってる。ソルティが来たのか」

　ふり返り、川中が言った。眼が、淋《さび》しそうな光を放っていた。

「久納均は、中だそうだ。行くぞ」

　それだけ言い、川中は家へ入って行った。

「屋根から落ちてスナイパーが死んでりゃ、いまごろおまえは人殺しだろう、若月。自分のことで、おまえを人殺しにしそうになった。だから、あの人は怒っている」

狙撃されたことを怒っているのではない、と坂井は言っているようだった。

私は肩を竦め、川中を追って家に入った。

家の中も、打ちっ放しのコンクリートが剝《む》き出しになっている。それが壁の模様のように見える。しかし天井は、きれいに白く塗られていた。ドアはすべて重厚な木で、床にはグレーのカーペットが敷いてあった。

三つ目の部屋に、久納均はいた。

海に面したガラス張りの部屋で、観葉植物の鉢が、何十も置いてあった。部屋全体が、森というよりジャングルという感じなのだ。それに温度も湿度も高く、空気がむっとしていた。

鉢と鉢の間で、久納均はじっとしていた。車椅子がちょうど入るほどの隙間《すきま》があり、葉だけの植物が、まるで自分を守ってくれるのだ、というような恰好《かっこう》だった。

眼は、じっと川中を見ている。顎から首筋にかけての火傷《やけど》のケロイドが、小刻みにふるえているようだった。

家全体もそうだが、特にこの温室は、持主の心のバランスが崩れていることを感じさせた。久納均を見た瞬間に、私は奇妙な気分に襲われ、川中を止めようと思わなくなっていた。こんな男はこの世にいない方がいいという、むしろ残酷な気分が滲み出しているのさえ感じた。

入口のところには、無表情なままの坂井が立っている。

「久納均だな」

「私は、君と話し合う気などないよ。殺したければ、殺すがいい。もういい歳だし、この躰だ。死ぬのなどこわくないね。無駄なことだから、帰りたまえ。警察だって、もうすぐ来るよ」

「俺も、おまえと話し合う気はない。話し合いなんてのは、ちゃんとした言葉を持ってる人間がやることだ」

「じゃ、殺せばいい。それで君は殺人犯だ。私は、死を恐れてはいない」

「わかってるよ。生きてたって仕方がない世の中だもんな。悲しいぐらい、おまえの思う通りにゃならないもんな。同情するよ」

「私は、思う通りに生きてきた」

久納均は、まだ鉢と鉢の間に身を隠すように入りこんでいた。擬態《ぎたい》をとっている、動物のように見える。

「俺は、おまえをぶちのめすつもりで、ここへ来た。おまえのようなやつは、血反吐《ちへど》を吐くまでぶちのめした方がいいんだ。しかし、考えを変えた。どうも、生きているという実感を味わわせた方がよさそうだ」

「私は生きているが、死を恐れてはいない。生きている間は、頭脳を使う。死んだら、無だ。ただそう思っているだけだよ」

「嗤《わら》わせるな。死ぬ時は死ぬと思っている人間が、拳銃や刃物を持ったボディガードを、六人も家に置いておくか。死ぬ時は死ぬ。それがどういうことか、わからせてやるよ」

川中が、拳銃をポケットから出した。さっき、男たちのひとりが持っていたものを、もぎ取っていたようだ。

リボルバーで、川中は馴れた仕草でラッチを押し、弾倉をフレームアウトさせた。中の弾を抜き、一発だけこめ直す。弾倉を戻して、何度か回した。いきなり、それを久納均に突きつけ、口の中に銃口を押しこんだ。撃鉄《げきてつ》をあげる。弾倉が、弾ひとつ分、不気味に回転した。

引金が引かれた。撃鉄が落ちる。

「これは、死ぬ時は、死ぬ。つまり、こんなもんなんだよ、生きることと死ぬことってのは」

久納均の眼は見開かれ、顎から首筋にかけてのケロイドは、違うもののように痙攣していた。口から、涎《よだれ》が垂れはじめる。

また、撃鉄があげられた。

「やめてください」

波崎が、飛びこんできて言った。

「ロシアンルーレットなんて、いま時流行《はや》りませんよ。ダンプで突っこんで殴りこみというのもね」

「言ってくれるじゃないか、波崎」

「あんたの人生と引き換えにする価値なんて、その老人にはありません」

「おかしなことを言うじゃないか。俺の人生に、どれだけの価値がある？」

「坂井、おまえは止めないのか？」

「止めても無駄さ。それに、社長はなにもやっちゃいない。やってるのは、俺でね。警察《サツ》が来たら、俺が手を差し出すよ」

「馬鹿なことを言うな。俺とソルティが見ているんだぞ」

「おまえは、社長を知らない。この人は、ただ怒ってるのさ。その爺さんが、この世にいない方がいい、と思ってる。それがわかるから、俺が殺してやるんだよ」

坂井の表情は、まったく動いていない。本気だろう、と私は理由もなく思った。

撃鉄が落ちた。弾は出ない。久納均が、失禁して気を失った。

「おい、ソルティ。こいつの頰《ほ》っぺたを二、三度叩いて、眼を醒させてやれ」

久納均の口から拳銃を抜き、川中が言った。私は動かず、波崎が二人の間に割りこんだ。

「俺は、止めますよ、川中さん。躰を張ってでも、止めます。ソルティも同じです」

「よせよ、波崎。それが、この男を生き延びさせてきたんだろう。まわりの人間の、そういう心遣いが」

　足音がした。

　飛びこんできたのは、忍だった。川中に眼をやり、それから久納均のそばに屈《かが》みこんだ。生きていることを、確かめたようだ。頬を叩いた。久納均が、眼を開ける。

「信行か。その川中って男が、私にいかさまをかけた。人を脅して、喜んでいるような男だ。警察に突き出せ」

「あんたは、なにも喋るな、兄さん。喋れば喋るだけ、醜《みにく》くなる。俺は、そんな兄さんを見たくない」

「おまえが、私を醜いと言うのか？」

「ああ。人間として、醜いと言っている。とっくに愛想《あいそ》も尽かしている。だけど、俺がまだ兄さんのためになにかやろうというのは、姫島の叔父《おじ》さんに言われたからだけじゃない。どこか、兄さんは悲しいんだよ。それがわかる気がする。人が心の底に収《しま》いこんでいる悲しみを、剝き出しにしているように見える。悲しいのかな。淋しいのかな。それが、俺にもあるような気がしている」

「やめろ、信行。とにかく、この川中って男を、なんとかしろ」

「なんともできない男ってのが、この世にいるんだよ。川中さんがそうだね。群先生も。そして、叔父さんもそうだ」

「わけのわからないことを言ってないで、こいつを警察へ突き出せ」

「兄さんも一緒にか。兄さんが雇った男たちを何人か、川中さんと叔父さんが押さえてる。川中さんがやったのは、門を壊したことぐらいだが、兄さんがやったことは違うね」

忍は腰をあげ、川中の方へむき直った。

「私が謝ります、川中さん。ここは、引き揚げていただけませんか？」

「俺は、本気でこいつをぶち殺そうというつもりで来てるんだよ、忍さん。生きていることを、充分に実感させてからね」

「謝ります。私が、頭を下げます」

川中が、大きく息をついた。

「あんたほどの男が、俺に頭を下げることなんかないさ。俺は怒ってるだけだが、あんたはつらいんだろう」

川中が、背をむけ、温室から出ていこうとした。

「おい、川中」

久納均が言った。

「車椅子の私を、弾も入っていない拳銃で脅かして、面白かったか？」

川中がふりむいた。拳銃を久納均にむけ、引金を引いた。弾は出なかった。もう一度、引いた。銃声がし、ガラスに穴があいた。

「四度目で、おまえは死ぬことになっていたようだな。二度目で気絶されたんじゃ、このゲームはつまらんのだよ。まあ、命に縁があったってことかな。いい弟を持ったもんだ」

それだけ言い、川中は久納均の膝《ひざ》の上に拳銃を投げた。

久納均は、痙攣したように躰をふるわせている。

「恩に着ます」

忍が、うつむいて言った。

川中と坂井のあとに続いて、私と波崎も家を出た。

玄関のところに、五人のボディガードが茫然と立っていた。

「川中さんは、俺がホテルへ送ります。ソルティは、坂井とダンプをなんとかしろ」

波崎が言い、私は頷いた。

バックするダンプを誘導して、私は道路まで出た。ポルシェはすでに走り去り、忍のベントレーが駐《と》めてあるだけだった。

「川中さん、どれぐらい本気だったんだ？」

ダンプが岬を離れてから、私は言った。

「どれぐらいってのは、あの人にはない」

「つまり徹底的に本気だったってことか」

「だから、忍信行の謝罪も、あっさり受け入れられる。そういう人なんだ」

「俺は、忍信行って人が、ああやって頭を下げるのを見たのは、はじめてだよ。長い付き合いになるんだが」

「男が、男を認めた。それだけのことさ」

「しかし、ダンプで突入とはね」

「昔、あの人はダンプの運転手をしていたらしい。工業都市としての開発が、N市ではじまったばかりのころのことだが」

「なにかやる時は、ダンプか、坂井?」

「さあな。N市でも、いろいろあった。死んで行く人間を、俺でさえ見過ぎたと思うぐらいだ」

「俺は、止めようと思っていた。だけど、あの温室に入った時、なぜかその気がなくなったな」

「どこへ行く」

その話はもういいと言うように、坂井が言った。

「マリーナの入口で降ろしてくれ」

頷く代りに、坂井はダンプのスピードをあげた。

20 島の家

その情報を持ってきたのは、意外なことに水村のようだった。

私は、マリーナでカリーナⅡの手入れをしていた。そこへいきなり川中が現われて、明日、船を出すと言ったのだ。

「天候は安定してますんで、沖の瀬を越えるのも難しくありませんが」

夕方の五時近くになっていた。私は発電機を回し、船内の明りをつけた。

川中は、私がキャビンで整理していた海図を覗《のぞ》きこんだ。

「姫島へ行くんじゃない。風間島《かざまじま》と言われたが、どこにある？」

「風間島なら、ここからおよそ八海里《マイル》、一番近い陸岸《りくがん》なら、二海里ってとこです。マリーナからの方位、およそ二百五十度」

「ここか」

川中は、すぐに指先で海図をなぞりながら、風間島に行き着いた。

「なにもありませんよ。およそ二十戸、人口六十人ってとこです。連絡船も通ってない。本土との交通手段は、そこにある漁船だけです。船外機付きの、小さなやつでも充分行けます」

「とにかく、明日の朝一番で、カリーナⅡをチャーターだ。乗るのは、俺と水村」

「わかりました。出しますよ。こっちは商売ですから。だけど水村は、姫島の爺さんを、ヘリコで会社に送らなくてもいいのかな」

「水村を借りると、久納さんには言ってある。会社には、自分で操縦して行くと言ってた」

「自分で?」

「ライセンスは持っていないが、水村に教えられながら、よく自分で操縦したそうだ。天候が悪くなけりゃ、なんの心配もない、と水村も言ってた」

「考えてみりゃ、自分で操縦したいと言い出すに決まっている、爺さんですよね」

川中が、キャビンのソファに寝そべって、煙草をくわえた。

「しかし、風間島ですか」

「水村は、そう言ってる。あいつはあいつで、真剣に捜してくれたようだ。あいつが真剣になるのは、群秋生がアルコールに溺《おぼ》れて、行方不明になった時ぐらいだ、と久納さんは言ってた」

群秋生は、半年に一度ぐらい、一週間から十日、アルコールに浸ったようになる。そういう時は行方もわからず、私も捜し回ったことがあった。大抵は、五十を過ぎた、どうしようもないような娼婦《しょうふ》の部屋にいる。不思議なことに、娼婦たちはみんな、群秋生を、やさしく大事に扱っている。金を払いさえすれば、娼婦が大事にしてくれるというのは、大間違いだった。なにか通じ合うところがある、としか私には思えなかった。

深くアルコールに浸りきった群秋生は、眠っている時以外は、萎《しな》びた娼婦の乳房を吸っていて、時々相手任せの交合《こうごう》を重ねるのだった。秘書の小野玲子に頼まれて、私は三度そういう群秋生を捜し当てたことがある。アルコールに溺れて、そのまま死んでいこうとしているのだ、と私はほとんど確信していた。

ふだんの群秋生を知っている私は、それを他人に語ろうと思ったことはない。

「明朝八時出港。それでいいですか？」

「いいだろう。水村は、街のホテルにいる」

「めずらしいな」

「水村が、他人のために働くのがか。俺のためじゃない。死んだあいつの兄貴のためだ」

「その人、坂井の兄貴分でもあったわけですね」

「そして、俺の友だちだった」

「その人と水村ってのは、実の兄弟なんですか？」

「そうだ。藤木が、つまり俺の友だちの名だが、十六歳の時まで一緒に育ったらしい。それから数年後に、水村は藤木を頼って家を出た。もっとも、藤木は立花《たちばな》って名もあったし、水村って名もあった。俺にとっちゃ、藤木だったがね」

それ以上のことは、訊きにくかった。水村の人生の深いところになにがあろうと、私にとって水村は水村で、腕の立つとっつきにくい男だった。

「須田って人がいました。『てまり』の前のオーナーでね。『エミリー』の女主人の亭主だった人です。水村は、その人と一番親しかったかな。死にましたが」

「酒、あるのか、ソルティ？」

「ウイスキーかラムなら」

私はギャレーの戸棚から、ボトルを二本出した。

「氷、ありません」

「船の上じゃ、酒はストレートで飲むもんだ。それに、ラム酒ってのが、船乗りの酒だ」

川中は、自分でラム酒をブリキのマグカップに注いだ。

私は、海図を収納場所に収った。正式なチャートテーブルなどはないので、チャートワークは大抵キャビンのテーブルでやる。

発電機の、軽い唸《うな》りが聞えるだけで、マリーナは静かだった。風がやみ、ヨットのステイが鳴る音もしない。

「なにか、作りましょうか？」

「そうだな。前菜ってやつを。それから、街へめしを食いに行こう」

私は、フォアグラの缶詰を開けた。とっておきのやつだ。それにオリーブのピクルス。

いまはフル稼動している時季ではないので、冷蔵庫にはなにも入れていない。

「川中さん、ずっとあんなふうにして、生きてきたんですか？」

「あんなふうって？」

「怒りというものを、決して誤魔化そうとせずに」

「いろいろ、誤魔化した。自分を騙《だま》しもした。他人とも妥協《だきょう》した。それで、人を傷つけることにもなったな」

「結婚は？」

「できなかった。一緒に暮したいと思った女が、いままでに二人いたが、二人とも死んだ」

「そうですか」

私はフォアグラをナイフで切り、ブリキの皿に載せた。船で、紙の皿はあまり使わない。客が多い時だけだ。

「おまえ、子供がいるんだってな」

「なんとなく、結婚することになって」

「危《やば》い仕事は自分に回せって、波崎が言ってた。とても親父になりきれる男じゃないともな」

この街に入ってきたプロは、全員片付けた。当面、秋山安見や村井雄一に危険はないはずだ。私の気持の中では、ひと仕事終っていた。あとは、二人の男と女がどうするか、というだけのことだ。

なんとなく無駄話をし、ラムを一本空け、それから私はサンチャゴ通りにある、イタリアレストランに川中を連れて行った。そこはミラノ風カツレツがうまい。牛肉を拳《こぶし》で叩いてのばしたものを、カツにしてあるのだ。スパゲティは烏賊墨《いかすみ》で、前菜はサラダだけにした。

「この街のおかしさ加減が、やっと見えてきた。頭じゃわかっていたんだがな」

「要するに、久納一族なんですよ。姫島の爺さんも含めた。いや、爺さんがいなけりゃ、もっと早くこの街は駄目になったでしょう。風俗店が並んだり、娼婦が出没したりという街にね。久納一族が消えて、代りに暴力組織の利権がはびこる街になるんです。爺さんと忍さんで、それを食い止めてきたところがありますね」

「皮肉だな、ある意味では」

「姫島の爺さん、生きてちゃいけないと思ってるのに、長生きしてる。それからして、皮肉ですよ」

「南方海域の、戦争の話か」

「早いとこ、『夕凪《ゆうなぎ》』に行っちまえばいいんだよな。静かな余生になるのに」

「その話、この間、久納さんがしていた。生きている上で、唯一の愉《たの》しみだが、同時にそれが許されるのかと考えるとな」

「許されますよ、あの人には」

「本人が、そう思うしかないんだ」

店には、四組の客がいるだけだった。

ワインを二本空けて、私たちは食事を終えた。

ホテル・カルタヘーナまで川中を送り、いくらか酔っ払った運転で、マリーナに帰ってきた。船の発電機を回したままだったのだ。

家へ帰ろうかどうか、私はちょっと迷い、迷っている自分が馬鹿馬鹿しくなって、バウバースに潜りこんで眠った。

翌朝は、舫《もや》いの整理をし、フェンダーをあげ、エンジンをかけて暖機《だんき》した。朝食は、コンビーフの缶詰をパンに挟み、あとはコーヒーだけで済ませた。

八時十分前に水村がやってきた。水村は、船を点検し、出港準備がすべて整っているのを確かめると、黙ってフライブリッジの、ナビゲーターシートに腰を降ろした。

「情報、あんたが摑んできたんだって？」

私は、航海計器のチェックをしながら言った。

「別に、おまえのために集めたんじゃない」

相変らず、とっつきにくい男だった。

「しかし、風間島とはね。見つかりゃ逃げ道はないが、見つけられる可能性は極端に少ない盲点でもある」

「怪我《けが》をしているらしい。行ってみなきゃわからんが」

「どっちが？」

「それもわからん」

「ま、どこからどういうふうにして集めた情報かは、訊かないことにするよ」

水村は、計器盤に眼をやっていた。私は煙草をくわえ、前方のビニールエンクロージャーだけを巻きあげた。どんな時でも、前方の視界は完全に欲しい。

八時ぴったりに、川中が坂井のGTRに送られてやってきた。

水村が、言う前に舫いを解く態勢に入った。川中が乗りこむと、素速く舫いを解く。GTRは、もう走り去っていた。

暖機は充分だった。マリーナを出ると、私はすぐにスピードをあげた。風間島まで、それほどの時間はかからない。ただ、凪《なぎ》と言っても、冬の波は硬い。巡航よりちょっと下げた回転で、私は風間島まで走った。

港はひとつだけで、船の数の割りには広かった。いまは二十戸だが、百戸を超えていた時期もあるのだ。

岸壁の、空いたところに船を寄せた。水村がフェンダーを出し、ロープを投げると、舳《へ》先《さき》から身軽に岸壁によじ登った。船尾の舫《スタン》いは、川中が投げた。エンジンを切った。予備のスプリングとして、もう一本舫いを取り、私も岸壁によじ登った。小さな島で、民家は港のそばにかたまっている。姫島の十分の一というところか。

水村が、先に立って歩きはじめた。

「この島、上陸するのははじめてですよ。近くに、釣りのポイントもないしな」

「風間島ツアーなんてのを、考えたらどうだ、ソルティ。新鮮な魚を昼めしに出す。それでも、二十戸の村は結構潤いそうだ」

「そうですね。港内の水深が意外にあるし、うちの蒼竜というヨットも入れます」

「山の頂上に、古い社もあるそうだ。そんなものが、都会の人間には受けたりする」

「ほんとは、姫島ツアーをやりたいんですがね。爺さんが出てくる前に、阻止されるな」

前を行く水村の背中を見ながら、私は言った。

港から、路地をちょっと入ったところにある家だった。すでに、船が入ってきて私たちが上陸したのは、わかっているのだろう。

家から、女が出てきた。玄関を塞《ふさ》ぐように立っている。

雪の日、私が会った女だった。

「ママに頼まれたの、川中のおじさま？」

「いや」

「じゃ、いつものように、自分から首を突っこんできたというわけ？」

「おまえが、怒るだろうとは思っていた」

　川中が笑った。気の強そうな娘だ、と私は思った。しかし、どこかに淋しげな翳《かげ》があり、それが大人っぽい印象になっている。

「こんなところに隠れてるようじゃ、無事ってわけじゃなさそうだな、安見」

「だけど、人の手は借りたくないの。彼は、そうしなくちゃならないのよ」

「彼ってのは、村井雄一か？」

「そう」

「会うだけなら、いいんだろう」

安見が、ちょっと考える表情をしていた。

人が住まなくなって久しいらしい家に、私は眼をやった。

21　純粋なるもの

傷は、ほぼ塞がっていた。

腹の脇《わき》の肉が、抉《えぐ》られたようになっていて、一応絹糸で縫ったようだ。化膿《かのう》しているようには見えなかった。

水村が傷の手当てをしている間、村井雄一は頑《かたくな》に黙りこんでいたが、傷に触れられるのを嫌がっているようではなかった。

廃屋《はいおく》の部屋の中だが、蒲団《ふとん》がきちんと敷かれ、石油ストーブが燃えていて、電気さえも来ていた。電気は、島全体の自家発電だろう、と私は思った。

安見は水村のそばにいたが、川中は部屋の入口に腕を組んで立っていた。

瘦《や》せた青年だった。筋肉は貧弱で、躰《からだ》を鍛えたことなどあるとは思えなかった。雪の日に会った時、安見と並んで車に乗っていた男なのかどうか、私にはよくわからない。それだけ、安見の印象が強かったということだろう。

水村の手当ては、手際のいいものだった。傷の周辺に何本かテーピングすると、傷口はずっと固定されたように見えた。消毒液に浸したガーゼを当て、それもテープでとめた。

シャツを着る時、安見が村井雄一の手助けをしていた。

「傷は、銃創《じゅうそう》です。肉を抉ってはいますが、抜けてます。もうちょっと角度が変ってれば、内臓をズタズタにされたでしょうね」

水村が、小声で川中に言った。

「顔色がよくないが、内臓が出血しているということはないだろうな、重夫《しげお》？」

「ありません。ただ、撃たれた時は、結構な出血だったでしょう。血を止め、あれほど大胆に傷を縫った。大した度胸です、あの娘」

「肚《はら》は据っている。あの若さで、何度も修羅場をくぐったんだ」

「とりあえず、もう出血はしません。あと五日で、糸を抜いてもいいでしょう。本人にその気があれば、もう動けます」

「わかった」

川中が言うと、水村はかすかに頷《うなず》き、外へ出て行った。

「おい、もう心配はないそうだ。いつまでも、安静にしていることもないぞ」

川中が、二人に声をかけた。安見がふりむき、それから立ちあがった。

「ひとつだけ言っておきますけどね、おじさま。いつもの悪い癖で、横から手を出そうなんて考えないで。あたしは、彼がやらなければならない、と考えていることを、やらせたいと思っているだけだから」

「なにをやりたいのかな、村井雄一くんは？」

「それが、お節介なんです」

「わかった。落ち着け、安見」

「落ち着いてます」

「そんなことはないさ。おまえ、これから決闘にでも行きそうな顔をしているぜ」

「おじさまが入ると、いつだって野蛮なことになるんだから。あたしはおじさまが大好きで、お世話になりすぎるぐらいなったし、助けて貰《もら》ったことも何度もある。でも、これはあたしの問題じゃないの」

「その問題を抱えている彼は、鉄砲玉を食らってるじゃないか、安見。おまえらだけで解決できる問題じゃないってことだ」

「だけど、彼は自分で解決したがっているの。自分自身で。あたしが手助けすることだけは、認めてるけど」

ならばなぜ、ほかの人間の手助けも認めないのだ、とは川中は訊《き》かなかった。かすかに、頷いてみせただけだ。

「とにかく、おまえと話をしよう、安見」

「あたし」

「おまえに話すことがなくても、こっちにはあるんだ」

今度は、安見がかすかに頷いた。

家の外に出た。島の人間の姿は、どこにも見当たらない。波止場の方に、水村がひとりで立っているのが見えるだけだった。

「俺は船にいるからな、安見。こいつと話をしろ。あの街で船を運航する会社をやってる、若月という。俺は無関係だと言いたいんだろうが、こいつは無関係じゃない。多分、あの坊やを撃ったのと同じ連中に、友人を殺された」

いきなり言われ、私はちょっと戸惑いながら安見を見た。

「殺されたって？」

「かなりひどい、拷問のあとがあったようだ。とばっちりだがね。ほんとうは、こいつが殺されているべきだった。あるいは、こいつの相棒の波崎という男がな」

「死んだのは？」

「なにも知らない、寮の管理人さ。若月と波崎が多少軽率だったとしても、死ななきゃならない理由はなかった」

「そう」

「おまえら、なんでも自分でと考えてるんだろうが、少なくともこの二人は巻きこんじまってるんだ。それも、これ以上はない、というような強烈なかたちでだ」

川中が、煙草《たばこ》をくわえ、火をつけた。この男は葉巻の方が似合う、と私はなんとなく思った。川中と、眼《め》が合った。預ける。そう言われたような気がした。

「じゃ、俺は船にいる。ひとつだけ、頭に刻みこんでおけ。おまえには、俺がいる。おまえを傷つけようとする者は、誰であろうと俺が許さん」

「はい」

安見がうつむいた。川中は、もう背をむけて歩きはじめていた。

私も、煙草に火をつけた。うつむいたままの安見に、なんと声をかければいいかわからず、三度、四度と煙を吐いた。

「ソルティ、とも呼ばれてる。人生の塩辛いところにばかり、首を突っこむからだ。俺は、そう呼ばれるのが好きじゃないが」

安見が、ちょっとだけ私を見た。

私は家へ入り、村井雄一のそばに腰を降ろした。雄一は眼を閉じ、眉《まゆ》の根に皺《しわ》を寄せていた。痛みでも、あるのかもしれない。

「若月って者《もん》だ」

村井雄一が、眼を開けた。私のそばに、安見も腰を降ろした。

「おまえがやりたいことの、手助けを俺がする。安見も承知してることだ」

ちょっと問いかけるような視線を、雄一は安見にむけた。

「人が、死んだらしいの」

「誰が？」

「吉田という、恩田商会の寮の管理人だった。俺とは、釣り友だちでね。S市の管理人組合に所属していたんで、涼風荘の管理人だったおまえの親父《おやじ》とも、知り合いだったと思う」

「そうですか」

「死んだ直接の責任は、俺にあると思う。殺《や》ったのは、おまえらを追っていた連中だ」

「また、俺を殺しに来るのか、あいつら？」

私にではなく、安見にむかってそう言った。安見は、なにも言わなかった。怯《おび》え続けていたのだろう。安見は、村井雄一の怯えとも闘っていたに違いない。

「連中、六人だった。もう片付けたよ」

「片付けた？」

「あの街からも、S市からもいなくなったってことだ。プロだったんで、結構手間がかかったがね」

「プロ？」

村井雄一は、ただの学生だという。プロと言っても、あまり現実感はないのだろう、と私は思った。ただ、雄一が直面すべき現実であったことも確かなのだ。

「プロを雇って、おまえらを殺そうとしたやつがいる。雇用関係をはっきり実証できないんで、警察に突き出すというのは無理だったがね」

「やっぱり、久納が雇った人間だったんだ」

「半身不随で、どこか屈折したところがあるからな。それで甘やかされて生きてきた、という感じはある」

「半身不随？」

「知らないのか。何十年か前の自動車事故で、そうなったんだ」

「それは、久納均さんの方でしょう。俺を殺そうとしているのは、久納満だ」

「おいおい、そういうでたらめを、どこから吹きこまれたんだ。久納満は、おまえと血の繋《つな》がった父親だろうが」

「だから、俺を殺そうとするんです」

「おまえ、本気でそう信じてるのか。理由はなんだ？」

「財産ですよ。久納満が死んだ場合、遺産を受け取れるのは、俺しかいないわけだから。まるで泥棒に持っていかれるような気分なんでしょう」

「しかし、久納満は死んだわけじゃない。いますぐ、おまえに財産を持っていかれることじゃない」

「老いていくというのは、死後を考えるということでしょう」

「そうだよ、確かにな」

言いながら、私はひとつのことに思い当たった。久納満が、あるいは久納均が死んだら、その厖大《ぼうだい》な遺産はどこへ行くのか。異母弟である忍信行に渡るのか。それとも、この青年に渡るのか。権利があるのは、この二人だろう。久納均はともかく、久納満は忍に渡ることなど、望んではいないはずだ。ずっと均を支え、神前亭に対抗してきたのが、忍だからだ。

もし満が突然死んだら、弟の均に相当の部分が行くことも考えられる。そんなことまで、均は考えて動いたのか。ないとは言いきれない、現世に対する妄執《もうしゅう》のようなものを、均は確かに持っている。

「久納家の遺産の問題はひどく複雑だが、おまえが久納満の遺産を受け取るのが、最もありそうなことだって気がするがな」

「それが、違うんだと思います。久納満は、ほかへやりたいんですよ」

「誰が吹きこんだか、言ってくれ」

「吹きこんだなんて。とにかく久納は三兄弟で、満と均のほかに、忍信行という弟がいるそうです。二人ともそっちをかわいがっていて、遺産も残したいんだ、と久納均さんは言ってました」

「なるほど、均の方か」

「変じゃない、と思いますよ、俺は。許せないのは、母を人質のようにしていることです。とにかく俺は、久納満の息子になるつもりはないんです。それさえはっきりさせれば、すべては終ると思っています」

「わかった」

「そのための手助けを、若月さんがしてくれるんですか?」

「遺産は放棄できるんだよ。大学生でも、それぐらいは知ってるだろう」

「放棄もしたくないんです。放棄するというのは、久納満の子供である、と認めたことになるじゃありませんか」

「なるほど。おまえの純粋なところを、汚れた大人が利用したか」

「俺は純粋というわけじゃありません。想像を超える遺産を受け継ぎたい、という気持がないわけじゃないんです。だけど俺は、村井武志《たけし》の息子なんです」

それを純粋と言うんだ、という言葉を、私は呑《の》みこみ、ただ雄一を見降ろした。

22　小魚

キャビンには、適度な暖房が入っていた。

カリーナⅡで冬を迎えるのははじめてだが、暖房も、温水器の湯の温度も悪くない。

私は、川中とテーブルを挟んでむかい合っていた。川中の眼が、どこか悲しく暗い。

「きっかけがなんだったかわかりませんが、一年ほど前から、雄一は久納均とメールのやり取りをしていたようですね。久納満が、自分を邪魔もの扱いにしている。そう信じこまされています」

「あの男の、やりそうなことだ」

「事情や情況を知っていれば、久納兄弟が忍さんに遺産を譲りたいなんて考えるわけがない、とはわかりますが。第一、忍さんはすでにそれなりの遺産を、満や均と一緒に受けているわけだし」

「自分が村井武志の息子で村井雄一だというのを、疑ってもいなかった時に、とんでもない話を満と均から持ちこまれた。混乱もするだろう」

船の揺れは、ほとんどなかった。水村が、後部甲板《アフトデッキ》で、小魚用の竿《さお》を出している。鯵《あじ》の小さいのが、あがっているようだ。

「結局、村井雄一は、自分が村井武志の息子であって、久納満の子ではない、と直接久納に言いたいんですね。母親は、昔の関係で久納満に人質にされているので、それも助けなければならないと考えています。母親の方は、どうもピントがずれちまってますが」

「父親うんぬんというのも、ピントはずれてる」

「そうですよね。手続きひとつで、厖大な遺産が転がりこむんですから」

「それだけ、久納均の洗脳が巧妙だったんだろう。襲ってきたのが、均に雇われた連中だってことは、話したのか？」

「話しましたが、すぐには信じられる状態じゃないようです。均が、自分を助けてくれる人間だって思いこんでたわけですから」

「村井雄一を消す気なら、東京でやった方が簡単だったと俺は思うがな」

「消したいだけじゃないんでしょう」

「もっと複雑に屈折しているか、あの男は」

「絶望させたいんですよ。自分より、もっと絶望させたいんです。そして孤独にしてしまいたい。それには、眼の前で雄一が死ぬところを見せてやりたい、ということでしょう。だから、あのプロの連中も、すぐに雄一を消すんじゃなく、身柄を押さえようとしたんだと思います。身柄を押さえて、満が苦しむのを見て愉《たの》しもうと思ったんでしょうね」

「まったく、人間ってやつは」

「長い時間かけて、少しずつ強くなってきた憎悪だと思いますよ。均は、特に金を欲しいわけでもないでしょうし」

水村が、鰺を二匹釣りあげるのが見えた。餌《えさ》は、別の魚を小さな切り身にしたものを使っているようだ。臭《にお》いがつくので、そんなものは船に置いていない。島のどこかの家で貰《もら》ってきたのかもしれなかった。

「とにかく、川中さんや俺らが現われて動きはじめたのが、均にとっちゃ大きな誤算だったでしょう。ひとりを潰《つぶ》したところで、均の方針は変ったと考えられます。雄一が撃たれたのは、その直後ですから」

「それで、雄一は？」

「すっかり、金玉を縮みあがらせちまってますよ。だから、客観的にものを考えられないんです。怯えると、あんなもんでしょう。撃たれたんだから、純粋もくそもなくなった、と俺は思いますね。どうして、自分をひとりの学生のままにしておいてくれなかったか、と思ってます」

「安見は？」

「これが落ち着いたもんでしてね。肚が据ってるんですよ。風間島に潜伏して、雄一の傷を治そうと考えたのも、安見です。島にひとり、雄一の高校時代の同級生がいまして、いまは漁師をやってます。それに頼ったんですね」

「それで？」

「雄一がやりたいことを、やらなきゃならないと考えていることを、やらせてやる。安見が考えてるのは、それだけのようです。まさか、自分たち以外の人間が襲われ、殺されるとは考えていなかったみたいで」

　私は、煙草に火をつけた。安見という娘が、どれほどの修羅場をくぐってきたかは、一度川中から聞いている。眼が怯えてはいなかった。強い意志の光もあった。

「客観的な情況は、どう摑《つか》んでるんだ？」

「雄一のように、襲ってきたのが均に雇われた人間である、というのも信じてはいません。均とのメールのやり取りも詳しく聞いているでしょうが、それも信じきっているとは思えませんね。雄一の父親を名乗る男がいて、そこに雄一の母親もいて、しかし雄一はその男を父親と認めてはならないと考えている。あの娘の心の中にあるのは、それだけですよ。そして、雄一が思っていることをさせてやろうと考えています」

「厄介な話だ」

「まったくです。怯えきっていてくれれば、やりようもあるんですが」

川中は、腕を組んでいた。

喋《しゃべ》ることを喋ると、私はアフトデッキに出た。私は私で、やるべきことを考えなければならないと思った。川中は、まだ私に預け続けるだろう。

私は、水村のそばのポリバケツを覗《のぞ》きこんだ。銀色の小さな魚体が、十数尾入っていた。

この島の近辺は、魚影が濃いらしい。鰺や鰯《いわし》が多いということは、それを狙《ねら》って集まるいくらか大型の魚もいるということだ。

「南蛮漬けかい、こいつは？」

「そんなことは、釣り終ってから考える」

「俺の方が、終ってから考えるというわけにはいかなくなってな、水村さん」

当たりが来て、水村は軽く合わせた。鰺が二尾かかっていた。それをバケツに放《ほう》りこみ、新しい餌をつけて十メートルほど投げた。

ちょっと考えるような表情をして、水村が私に眼をむけた。

「小僧の方は、どうにでもなるだろう。問題は、あの娘だ」

「だよな」

「俺は、手に負えんな」

「おい、あんたがそんなことを言うのか、水村さん？」

「坂井も、そう言ってた。川中さんも、手に負えないところがあるらしい。あの二人は、いろいろ知ってるんで、かえってやりにくいところがあるだろう」

「それで、俺か。預けられたって、どうすりゃいいか考えがまとまらねえよ」

「同じぐらい真剣にならなきゃ、あの娘には撥《は》ね返されるさ」

「言ってくれるよ、まったく」

　実際に私が感じていることを、水村は言葉にしたにすぎなかった。秋山安見と同じだけ真剣になって、はじめてこちらが言うことも聞こうとするだろう。

「まず、姫島であの二人の身柄を預かってくれねえかな？」

「無理だ。できない」

「水村さんよ、あの雄一って小僧にとって、おたくの会長は大叔父《おおおじ》かなにかに当たるじゃねえか」

「俺は、会長にこれ以上、苦しい思いをさせたくないんだよ。会長は、もう充分に歳《とし》だ。若い人間で引き受けられることは、そうしたい。だから、会長に話を持っていくのも、やめてくれないか」

　水村の口調から、いつもの無愛想さは影をひそめていて、私は頷くしかなかった。ほんとうは、姫島の爺《じい》さんを通して、雄一の意思を久納満に伝えればいいのだが、それも虫のいい考えなのかもしれない。甥《おい》が失望することを、爺さんに言わせなければならないのだ。

「とにかく、この島から動かしたい。もう、街に危険があるわけじゃないし」

また、鰺が釣れた。半身《はんみ》ずつを使って、鰺寿司《ずし》というのも悪くない、と私は思った。

あの二人を、この島から動かす。それでさえ、ひどく困難なことだと私には思えた。といって、この島に置いたままでは、緊急の時に動きにくい。

「川中さんから聞いたことだが」

餌をつけ直して投げ、ちょっとテグスを巻き取りながら、水村が言った。

「あの娘、犬が好きなんだそうだ。N市から東京の大学へ行く前も、でかい犬を飼ってたんだってよ」

「犬ね」

私は、はじめて水村に親切にされた、というような気がした。

水村が、また鰺を釣りあげた。

川中が、キャビンから出てくる。バケツの中を覗いてちょっと肩を竦《すく》め、フライブリッジに昇った。私も、あとに続いた。

「二人を、島から移そうと思います」

「わかった」

川中は、それだけしか言わなかった。

「久納均が、もう邪魔をすることはないと思いますので」

「したくても、忍信行が、そんなことはさせないだろうさ」

「そうすれば、あとは村井雄一を久納満に会わせ、言いたいことを言わせるだけです。それで片が付くと思います」

「どうかな」

「秋山安見の方に、なにか問題でも？」

「なにもかもが、そう簡単に進むとは思うな。人生は、単純じゃないぜ」

「俺が、ガキってことですか？」

「そのうちわかる」

川中は、航海計器をいじりはじめた。

私は、川中が言った意味を考えた。自分を殺そうとしたのが、均に雇われた男たちであると、雄一がいつまでも信じることがない、ということなのだろうか。それなら、均に会わせる方を先にしてもいい。いくら一年前からメール交換していたとしても、均の洗脳を解くのが、それほど難しいこととは、私には思えなかった。安見が客観的な事実を正確に摑めば、雄一もそれに動かされるはずだった。

「川中さん」

私は、レーダースクリーンを覗きこんでいる川中のそばに立った。

「どんなふうに、難しいんですか？」

「それは、俺にもわからん。ただ、単純じゃないだろう、と思うだけだ」

「そうですか」

「波崎の仕事も、終ってる。坂井も帰す。おまえひとりに、やって貰うしかないんだ」

「やりますよ。御期待に添えるかどうかわかりませんが」

「俺は、なにも期待しちゃいない。雄一という小僧がどうなろうと、そんなことはどうでもいい。安見を危険な目に遭わせたくない。それだけだ」

「彼女は、直接にはこの件になんの関係もない、と俺は思ってるんですが」

「だから、厄介なんだよ」

川中が、私の肩を軽く叩《たた》いた。

私は大きく息を吐いた。アフトデッキに降り、それから岸壁に跳び移ると、二人がいる家の方へ歩いて行った。

23 客室

島から移動させるのに、大きな問題はなかった。

村井雄一はひとりで歩けない状態で、ずっと安見に支えられていた。怪我《けが》は、すでに大したものではなくなっている。要するに、気力を出せないでいるようだ。

船に乗ってからも、すぐに酔って、わずかな間に二度吐いた。安見がビニール袋をあてがっていたので、私の船は汚されずに済んだ。シーズンが来て本格的に稼動をはじめれば、大抵何人かが吐くが、それまでは汚さずに乗っていたいものだった。

マリーナには、野中がワゴン車で迎えに来ていて、直接、群秋生の家まで運んだ。

黄金丸が、見知らぬ二人に警戒を示しつつ、私の足にまとわりついてきた。すでに老犬の部類に入り、はしゃいで跳ね回るようなことはしない。

客用の寝室が、提供された。

群の家を選んだのは、水村が犬という言い方で、ヒントを与えてくれたからだった。確かに、群秋生はなにも訊かず、二人を預かることを承知してくれた。

「コー、おまえ、あの二人に哮《ほ》えちゃ駄目だぞ」

庭で、私は黄金丸と戯れはじめた。家に入ってからの世話は、すべて山瀬夫妻と秘書の小野玲子がやってくれるという。

黄金丸は、よく手入れされた毛並みを私の脛《すね》に押しつけ、口には小さなやわらかいボールをくわえている。八歳になったころから、群は黄金丸を老犬と言いはじめた。ボールを投げてやる。あまり遠くには投げない。黄金丸は跳びつき、くわえて駈《か》け戻ると、また投げろという仕草をした。

その場で、ボールを弾ませてやる。遅れると、跳ねあがったボールを、私が摑んでしまう。このところ、この遊びを黄金丸は気に入っていた。

「意志的な眼をした娘だな」

気づくと、後ろに群秋生が立っていた。黄金丸が、群の足もとに行儀よく座る。日本犬は飼主にしか懐かないという。柴犬《しばいぬ》で躰は小さいが、黄金丸は立派な日本犬だった。ただし、山瀬夫妻や小野玲子のことは家族だと思っているようだし、しばしばやってくる客である私にも、親愛の情は示す。

「会ったんですか？」

「挨拶《あいさつ》に来たよ、俺のところへ。立派な挨拶で、ちょっと恐れ入ったね」

「気が強すぎるんですかね？」

「そういうのとも、違うな。若造の方は、ちらりと見たが、怯えきっている。芯《しん》がしっかりしているというのかな」

「川中さんの話では、ずいぶんと酷《ひど》い目に遭ってきたそうですが」

「その暗さはない。人に見せられる程度の、暗さではないとも思える」

「小僧の方、久納満の息子だそうです」

「ほう」

「父親が自分を殺そうとした、とまだ信じていましてね。久納均の洗脳ですよ」

「なるほどな。街がちょっと騒がしかった理由も、それでわかった」

「プロが、六人でした」

「それで、おまえはどんな預かり方をしているんだ？」

「秋山安見は、あの小僧がやらなければならないと思っていることを、きちんとやらせようとしています。俺は、その手助けですかね。久納満に対して、親でもない、子でもないと宣言することですよ」

「そうか、秋山安見のガードか」

「安見の、ガード？」

「今度は、久納満が、邪魔になるあの娘を消そうとするだろう」

自分の鈍感さに、私は舌打ちしそうになった。村井雄一がひとりになれば、たやすく純粋さなどは捨て、久納満の息子になることを肯《がえん》じるかもしれない。なにしろ、厖大な富を引き継ぐのだ。

久納満にとっては、村井雄一のそばにいる安見が邪魔ということになる。そして、そういう邪魔は力で排除してしまおうという発想が、久納満にもある。

秋山安見に、傷を負わせたくない。川中が言ったことが、いやになるほどはっきりと思い浮かんできた。川中は、島にいた時から、いや五人のプロの始末をつけた時から、次は安見だとわかっていたのだろう。

そして、安見自身も、自分の危険について理解しているのかもしれなかった。それなら、私ひとりが間抜けだということになる。

「駄目だな、俺は」

「そんなことはない。男の純粋さを、そのまま信じるようなタイプだよ、おまえは。特に若い純粋さをな。だから、いろんな連中がおまえのもとに集まる」

「ただの馬鹿ってことでしょう」

「違うな。波崎は、若い純粋さを、どこかで疑っているところがある。どちらがいいという問題ではなくな。だから、この仕事はおまえでなくちゃならない、と川中さんは考えたんだろう」

「人間というの、そんなに見えるものなんですか、群先生や川中さんには？」

「おまえは、見えない。それがいいところなんだよ。美徳《びとく》と言ってもいい」

「ほめられた、とは思えませんよ」

「誰も、ほめちゃいない。指摘しているだけだ」

群が、私の顔を見て、ちょっと微笑《ほほえ》んだ。

私は、しゃがみこんで、黄金丸ののどのあたりをちょっと撫《な》でた。黄金丸は、無心な眼でじっと私を見ている。

「おい、コーは敏感なんだ。そんな気落ちした撫で方をするなよ」

「気落ちなんかしてませんよ。自分が馬鹿だと思ってるだけですよ」

「それを、気落ちと言うのさ」

小野玲子が出てきて、私を呼んだ。

「若造は傷を負ってるそうだが、化膿《かのう》なんかは心配しなくていい。強力な抗生物質を与えてある。ひとりで動けないのは、躰よりも心の傷によるそうだ」

「それ、川中さんから？」

「あの人も、やさしすぎるな。やさしすぎて、しかも強すぎる。なかなか、心の傷でへばったりはしない人だ。それはそれで、大いなる同情に値するが」

私は、ちょっと首を振った。もう三十の半ばに達し、それなりに大人になったと思っていたが、こういう男たちと較《くら》べると、情なくなるほど幼いとしか感じられない。

私は家へ入り、客用の寝室の方へ行った。

泊るほどの客ではない私は、そこへ入るのははじめてだった。ホテルのツインルームという感じで、生活感のない部屋だった。窓は、庭の木立に面している。

「よう」

私は、村井雄一を見て笑いかけた。

「どうだ、ここの居心地は？」

「いいんですか。作家の、群秋生氏の家だと聞きましたが？」

「そうだ。まあ、こんなことが嫌いな人じゃない」

島での食いものは、村井雄一の同級生が運んできていたらしい。二人とも荷物は身のまわりの品だけで、極端に少なかった。必要なものを買い出してくると言って、小野玲子は街へ車を転がして行った。

「いろいろと、考えていました。安見とも、話をしました」

「それで」

「久納均という人のことを、まだ疑う気になれないんです。S市に戻ったら命を狙われるから、絶対に来るな。メールで、そう警告してくれたのは、あの人ですから」

私は煙草をくわえた。灰皿は、ソファの前のテーブルにある。安見は、そこに腰を降ろしていた。

「俺も、どちらかというと人を信じやすいタイプなんだがね。おまえも相当なもんだ。そんなやつだから、遺産はいらないなんて考えるんだろう」

「死んだ父を、ただひとりの父と思いたいだけですよ。ふり返っても、やはり父らしい愛情をぼくにかけてくれた、と思います」

「おまえの人生は、それだけ幸福だった」

私は、火をつけずに指に挟んでいた煙草をくわえ、灰皿を引き寄せた。

「俺の話を、よく聞けよ、村井」

煙を吐きながら、私は言った。

「俺はこの街の、いや村だったころの生まれで、ある期間を除いて、ずっとこの街を見てきた。この街のトラブルのほとんどは、明確に、久納満、均兄弟の争いだったね。のどかな村だったここが、こんな街になったのも、あの兄弟の争いなんだ」

「それは」

「すぐには、信じられないか。それならそれでいい。ただ、おまえが聞いた話は、久納均の口から出たものだろう。つまりおまえの頭には、ひとりから流しこまれた情報しか入っていない」

「しかし、この街やS市に来てから、久納均さんの言った通りのことが起きましたよ」

「それを久納満がやったとして、どうして均が知っているんだ。それに、おまえを殺すのに、なぜS市まで来させなくちゃならない?」

「わかりません」

「おまえは、まだわかろうとしていないのさ。一度信じたら、簡単にはそれを変えない。若さの美徳ってやつかな」

群に言われたのと同じことを、私は言っていた。苦笑して、私は煙草を消した。

「久納均ってのは、人の心を誑《たぶら》かすことに情熱を燃やして、何十年も生きてきた男だ。おまえを襲った五人のプロは、全員押さえたがね。久納均に雇われたことは、はっきりしたんだ」

「考えてみます」

「そうしろ。考える時間は、いくらでもやれる」

「母のことは？」

「それを、俺はこれから調べてみるよ」

私は腰をあげた。

部屋の外まで、安見がついてきた。

「申し訳ありません。ほかの方に、御迷惑をかけるつもりはなかったんです。まして、死人が出るなんてこと、本気で考えてはいませんでした」

「出ちまった。しかしそれは、二人の責任というだけじゃない。俺や、波崎ってやつにも相当の責任がある。終ったことは気にしなくていいから、先のことを考えろよ」

「そうするつもりです、このことが終るまでは」

どういうふうに終る、とは安見は言わなかった。安見の眼はなにを見ているのだろう、と私は束《つか》の間《ま》考えた。

「明日の朝、なにか知らせてやれると思う」

私はそれだけ言って、玄関にむかった。

群の姿は、庭にはなかった。黄金丸がそばに寄ってくる。

「コー、おまえの御主人様は、なにを考えているんだろうな」

言うと、座った黄金丸が、ちょっと首を傾《かし》げるような仕草をした。

24 兄弟

しばらく『てまり』で飲み、家へ帰った。

牧子が、亜美を風呂《ふろ》に入れているところだった。私は亜美を受け取るために、バスタオルを差し出した。その中に、濡《ぬ》れた亜美の躰が置かれる。

気持がいいのか、私がバスタオルで亜美の躰を拭《ふ》くと、はしゃぐような笑い声をあげた。

「おやおや、外泊続きで不精髭《ぶしょうひげ》なんか生やして」

「なんだ、皮肉か？」

牧子の口調に、そういう響きはない。ただ、なにが起きているのかは、知りたがっているだろう。

哺乳壜《ほにゅうびん》に、ミカンを搾ったジュースを入れたものを、牧子が差し出してくる。私はそれを、亜美に含ませた。風呂に入るとのどが渇くのか、亜美は活発に口を動かした。

部屋の中は、よく暖房が効いている。肌着だけでも、亜美は心地よさそうだった。

「男に、自分の意志を貫かせようとする。たとえ、自分や男に少々の危険があってもだ。そんな女、いるかな？」

「おまえ以外に」

「あたし」

「あたしがそうだってことは、そんな女も少なくないってことよ」

「二十歳くらいだ」

「惚《ほ》れたの？」

「そうなりゃ、俺を殺そうってやつが、何人も現われそうだ」

亜美がジュースを呑《の》み終えたので、私は上に牧子が差し出したものを着せ、抱きあげた。腕の中で軽く揺すっていると、亜美はすぐに眠りはじめた。

ベビーベッドに亜美をそっと降ろし、私はダイニングの椅子《いす》に腰を降ろした。テーブルには、私の分の魚の煮つけがあった。何時に帰っても、食事だけは用意してある。それをわずらわしいと感じる時期は、もう過ぎた。これが、牧子のやり方なのだ。

ビールを飲み、煮魚を突っつきながら、私はこの街で起きていることを、かいつまんで喋った。牧子もビールを飲み、お互いに途中からウイスキーに替えた。

「川中という男が、出色《しゅっしょく》だね。あの水村が、お辞儀をするんでしょ。そんな姿、あたしは見たことがないな」

「その川中が、秋山安見に対して、ほとんど父親みたいな感情を持ってるのさ。なにがどうなろうと、安見が傷つくようなら、あの川中が黙ってないね。実際、久納均は、忍さんが謝らなけりゃ、撃ち殺されていたよ」

「忍さんが謝るというのも、あたし見たことがない」

「おまけに、あの川中は姫島もフリーパスだ」

「いそうもない男が、いるってことなのかな」

「いるな、確かに」

魚はメバルで、甘辛いところが私の好みの煮方だった。魚はすべて、骨だけになるまで丁寧にしゃぶる。私の特技のようなものだった。

「でも、その安見って子、男を滅ぼすというような気がするな、あたし」

なにかしら、安見に感じていた違和感のようなものを、牧子のひと言ではっきりと指摘されたような気がした。

「勿論《もちろん》、安見って子に悪意なんかはない。悪意がないから、困るとも言えるの。強さだけがある愛情がね。多分、強い男ばかりを見て、成長してきたのね。ほんとは、弱い男の方がずっと多いのに」

「まったくだ」

川中がいた。坂井がいた。坂井の兄貴分だという藤木という男は、水村の実の兄でもあるという話だ。安見の父親はやはり、川中や坂井の話では強い男だったのだろう。

「そこのところを、よく見ていてやることね。傷ついても、すぐに立ちあがる子よ」

「会ってもいないのに、よくわかるな」

「あたしは、正反対だから。誰かいないと、駄目になってしまう女だし」

そういうところが、確かに牧子にはある。いまはあまりそれが見えないが、二十代の前半にははっきりと感じられたものだった。私が牧子と一緒に暮してもいいと考えるようになったのは、多分、その弱さのせいだ。

「寝るか、もう」

「シャワーを使ったら、歯を磨くのも忘れないで」

一緒にベッドに入る時は、必ず歯を磨かされる。それは、付き合いはじめたころから変らない。つまり、ベッドで待っている、ということだ。

私はちょっと肩を竦め、腰をあげてバスルームに入った。亜美は、気持よさそうに眠っているようだ。

翌朝、私は直接神前亭へ行った。

木造だが、広大な敷地を持つ旅館だった。床が全部、椿《つばき》の木で作った板である、という話を聞いたことがある。ホテル・カルタヘーナも、庭の見事さと、古いものの美しさでは、遠くここに及ばない。

久納満に面会を申しこむと、玄関脇の応接室のようなところに通された。私の顔もこの街で多少売れていて、誰を訪ねても玄関払いを食うことはまずなくなった。

茶と菓子が出される。この部屋に通された人間が、等しく受ける接待のようだ。壁には日本画がかけてあって、それは私でも知っている画家のものだった。椅子やテーブルも民芸調のもので、違和感はない。

いきなり、久納満が入ってきた。

「信行のところの小僧が、なにか用か？」

久納満は、私を見つめて言った。姫島の爺さんは若造だが、この男は小僧と呼ぶ。この男の出来損いの息子が死んだ時、私もかなり深く関係した。だから、いい感情を持たれているとは思っていない。

「俺は、小さくても自分で会社をやってます。忍さんのところの、社員じゃありません」

「会社か。どうせあそこの寄生虫のような会社だろうが」

「おたくの泊り客の、ツアーを受け付けることもありますよ」

「知らんな。俺は海は好かん」

私は、茶を口に含んだ。久納均の屈折とはまた違うが、この老人も変っていた。偏屈というのが、こういうものなのかもしれない。

「早く、用事を言え」

「村井雄一のことです」

「それが、おまえになんの関係がある」

「プロ六人を相手に、散々振り回されましてね。知り合いもひとり死んだ」

「だから？」

「無関係じゃないってことですよ。プロ六人を誰が雇ったかも、見当はついておられるでしょうが。俺は、一応話をしておこうと思って来たんです」

「おまえが、どれほど危険な目に遭ったのか、それは知らん。おまえの勝手というやつだろう。俺は、他人に口を出されたくないだけだ。もう帰れ」

「俺も、村井雄一なんてガキに、なんの関心もありません。ただ、一緒にいる秋山安見には、手を出さないでいただけますか？」

「おい、小僧。なんで、俺がその小娘に手を出すと思ってるんだ？」

「村井雄一は、村井武志の息子だと、ここに言いに来ます。本人の気持でもあるでしょうが、秋山安見に意地を見せたいというところもあるんでしょう」

「だから？」

「秋山安見がいなけりゃ、あっさり社長に説得されるかもしれません。その程度のガキですよ、村井雄一は」

「言っておくが、あれは俺の息子だ。あれの母親も、そう認めている」

「本人は、違うと言ってます」

「本人に、なにがわかる？」

「育ててくれた親のことは、よくわかるでしょう」

「育てなかったから、俺は父親じゃないというのか。俺は、あれの母親に、やるべきことはしてやった」

「社長の価値観が、どんなものかはわかってます。わかるだけで、頷きたくはありませんがね。久納均の価値観も、姫島の会長や忍さんの価値観もです」

「おまえ、なにが言いたい？」

「秋山安見に、手を出さないでくれ、とお願いに来ただけです」

「手を出したら」

「殺します、あんたを。ついでだけど、久納均も」

「おい、小僧」

「小僧でも社長を殺すぐらいの力はあります」

じっと私を見つめていた久納満が、不意に口もとだけでにやりと笑った。

「信行のところの小僧が、俺を脅すようになったか。それだけ、俺も老いぼれたということなのだろうな」

「言うだけのことは、言いました。帰らせていただきます」

「待てよ、小僧。その秋山安見という娘は、俺に会いに来たぞ」

「いつです」

意表を衝《つ》かれた。

「今朝だ。もう一時間も前になるかな。俺が朝めしを食ってすぐだ」

朝一番と思ってやってきた私は、少し甘かったようだ。

「それで、どんな話をしていきました？」

「俺と栄子、つまり雄一の母親だが、二人に会って話をしたい、と申し入れてきた。きちんとした娘だった。雄一は怪我をしているので、自分が付き添うとも言った」

「そうですか。それならそこで、雄一は自分の父親は村井武志だと言うつもりでしょう」

「そうかな」

村井雄一が誰を父親と呼ぼうと、それは構わない。川中は、そんな意味のことを言っていた。秋山安見が、傷つかないようにしてくれ、と私は頼まれただけだ。

「ところで、おまえは川中の子分にもなったのか？」

「子分というのは、どういうことですか。やくざじゃあるまいし」

「子分は子分だ。川中はN市の顔役で、地元のやくざを叩き潰したり、市長と争って失脚させたりしている。力でのしあがった男にくっつくのは、子分だろうが」

「無茶な理屈ですね。御兄弟とも、無茶な理屈をこねて、それが通用すると思っておられる」

「通用させるさ。ここは、N市じゃない」

「憶《おぼ》えておきます。社長も、俺が言ったことはお忘れなく」

「おまえ、川中に言われたから、ここへ来て俺を殺すと言ってるのか？」

「いけませんか？」

「おかしな野郎だ」

久納満に、ここまで言うつもりは、私にはなかった。川中が本気だということが、私になにか影響しているのだろうか。

川中は、久納均を撃とうとした。それを、坂井は止めようともしなかった。当然のように、坂井は撃ったあとの拳銃《けんじゆう》を取りあげ、自分が撃ったと言い張っただろう。

不思議な男としか、言いようがなかった。

「秋山安見というのは、確かにいい娘だ。雄一と結婚させてやってもいい、と俺は思った。ちょっと話をしただけで、そう思わせる娘など、いまはいない」

「安見が、承知するとでも思ってるんですか？」

「雄一とは、恋人同士だろう」

「安見が好きなのは、金持の息子になどなろうとしない雄一だろう、と俺は思います」

「だが、恋人ではある」

「社長は、自分の後継者になることが、大変なことだと思いこんでおられる」

「もういい、小僧。おまえが俺を脅したことは、忘れないでおこう」

私は腰をあげ、頭を下げた。

「ところで、釣りはされてますか、山の湖で？」

「それがどうした？」

久納満は、よくひとりきりで山の湖で釣りをしている。それを私は一度見たことがあるが、どこかこの老人の孤独癖を感じさせた。それはそれで、悪いものではなかった。

「いま、山の中の釣りはつらいだろう、と思いましてね」

「海の上も、同じだろう」

「もっとつらいですね。だけど、俺は若いですから」

「そう思っていろ、小僧」

私は頷き、玄関に出た。

私の車は、玄関の車寄せにそのまま置いてあった。ドアマンが、私に頭を下げる。こんなところは、洋風のホテルと同じだった。

私は車を出し、神前川沿いの通りをちょっと下り、日向見通りで橋を渡った。

25 魔女

枯れた芝生の上に安見が腰を降ろし、そばに黄金丸が大人しく座っていた。

「よう」

私が言っても、安見は腰を降ろしたままだった。口もとに笑みを浮かべ、手をしなやかに黄金丸の背に置いた。

「どうしてる、やつは？」

私は、安見のそばに腰を降ろした。黄金丸が鼻を近づけてくる。

「いま、お母さまがみえてるの」

「なるほど」

安見に出し抜かれた結果が、これだった。

「おふくろさんは当然、久納満の息子になれ、とやつを説得しているわけか」

「多分」

「久納満に拘束されている、と彼は信じていたんじゃなかったのか？」

「その誤解も、これで解けます。久納均という人のメールによる洗脳は、それこそ気味が悪いぐらいリアリティがありました。あたしも、思わず信じそうになったぐらい」

「ということは、君は信じちゃいなかったってことか？」

「あたしには、直接関係があることじゃないんで、客観的になれたんだろうと思います」

「それを、彼に話したか？」

「一度だけは。彼には、ほかの判断材料もありました。そして、出した結論に、あたしは反対しようとは思いませんでした」

「つまり、久納満に、親でもなければ子でもない、と宣言することだな？」

「いろいろ回り道をしても、その結論は間違っていない、と思いました。そのために多少の危険があっても、この街に来て久納満という人と会う、と言いました。それが、息子として死んだ父親にしてやれることだと」

御立派な結論だった。ただ、結論だけなら、誰でも出せる。

「あたしは、幼いころ、母が眼の前で死にました。外国でです。父と二人で日本に帰り、その父も死にました。いまは、血の繋がっていない母と一緒です。彼が言うことを、いくらかは理解できます。だから、協力することにしました」

「理解できるから、だけじゃないだろう？」

「男であってほしい、と思います」

「それほど、愛してるのか？」

「わかりません。愛という感情は移ろいやすくて、自分の中ではしっかりと摑めないという気もします。確かめるために、あたしはこの街に来たのかもしれません」

私はそれ以上なにも言わず、黄金丸の頭に手をやった。

村井雄一の、母親らしい女が出てきた。若作りで、化粧が濃く、派手なブランド物の服を着ていた。あまりにいかにもという恰好《かっこう》だったので、私は思わず笑みを洩《も》らした。

村井栄子は、きつい視線を一度安見に投げかけ、服装に較べると古く汚れた日本車に乗り、急発進して道を飛び出して行った。

「相当に、頭に来てるようだな、ありゃ」

「巨万の富を継げるかもしれない息子が、どこの誰かわからない女の子に、いいようにされていると思えるんでしょう」

「わかってるじゃないか。巨万の富を受け継いだ村井雄一と、結婚してしまうという考えはどうかね？」

「関心ありません。富というものに、関心がないんです。人の心に残るのは、人です。彼の心には、お父さまが残っています。それこそ、大事にすべきものだろうと思います」

「つらいな」

「誰が？」

「あいつがさ。相当頑固な女に、惚れちまったってことだ」

「あたし、やっぱり頑固ですか？」

「かなりな。俺はそんな頑固さが嫌いじゃないが、女房がそうだと考えると、やっぱりつらい」

黄金丸が、腹這《はらば》いになった。遊んで貰えないと思ったのだろう。

私は、煙草に火をつけた。安見の母親がどんなふうに死に、父の秋山がどういう殺され方をしたのか、ちょっと考えた。意味のないことだった。両親がいなくなったということは、ほんとうに突きつめれば、安見の心の中だけのことだ。いや、安見の心の中には、死んだ両親が生きている。そして同時に、血の繋がっていない母も、生きている。複雑でも単純でもなく、ただ心のありようなのだ、と私は思った。

「久納満に、会いに行くのか?」

「あたしが決めることではありません。彼が、まだ望むなら」

「母親のあの剣幕じゃ、考えを変えたとも思えんな」

「それなら、最初の通り、あたしは彼に協力します」

「やつ、もう起きあがってもいいと思う。傷で立てないんじゃなく、精神的なものだろうからな」

「今朝から、もう起きてます。庭の散歩もしました」

「そうか。久納満のアポイントは取ったのか?」

「はい。今日の午後一時、ホテル・カルタヘーナの社長室で」

「それは、どっちが言い出したことだ?」

「あたしです。今朝、家を出る時に、黄金丸と歩いておられた群先生と会ったんです。その時、久納満という人と会うなら、そこがいいと言われました」

群秋生には、なんでも見えているということなのか。冷静に考えると、忍が証人として最も適当な人間だと思えた。それでなかったら、姫島の爺さんしかいない。

「忍さんの了解は?」

「午後一時というのは、忍さんが決められたことです」

「そうか、わかった」

「若月さんに、立合っていただくわけにはいかないんです。立合うのは忍さんひとりで、四人で話すことになってます」

「まあ、ホテル・カルタヘーナだからな。俺が必要な事態なんて、起きるわけがない。それに、俺のオフィスも、あの中なんだ」

「若月さん、あそこの社員?」

「いや、自分で船を運航する会社をやってる。風間島から君らを乗せてきたのも、俺の船だよ」

「あれ、いい船だった。あたし、N市ではよくおじさまの船に乗るの。これでも、小型船舶の一級を持ってるんだから。母が、キーラーゴっていうホテルをやってて、一応リゾートだから、船を買う計画があるわ」

「いいな。川中って人も、海にいるのが一番似合うような気がする」

「あたしが子供のころは、もっと荒っぽかった、あのおじさまは。ふだん、乱暴っていうわけじゃないんだけど、怒ると自分が抑えきれなくなるんだと思う。半端な怒り方じゃないわ。自分の命を投げ出してしまうような、怒り方」

「おっかねえな、そいつは」

「だけど、怒ってる時、ほんとに悲しそうなの。眼が、悲しんでいる子供みたいで、はっとしてしまう」

「俺は、あまりそばにいたくないな。自分が、つまらない人間に思えそうだ」

「そんなことない。おじさまは、人をそんなふうに感じさせたりはしないわ」

「N市の、ホテル・キーラーゴか。そのうち、きれいなバラが咲くな」

「なによ、それ？」

「川中さん、バラの株を買ってた。川のむこうのバラ園で。そこは、俺の友だちが作っていたバラ園でね」

「いまは、いない？」

「死んだ」

「そう。生きている人の数より、死者の数の方がずっと多い。誰か、有名な人が言ったことだわ。誰だか、群先生に訊けばわかるかもしれない」

「そんなことを、教えるような親切さは持ち合わせてないな、あの先生。訊き出すまでに、ビリヤードを二ゲームは付き合わされる」

「そうか。どこか、川中のおじさまとも似てる」

群が、庭に出てくるのが見えた。黄金丸が駈け出して行く。

「俺たちが、二人でこうやって喋ってるのが、気になってるのさ」

「まさか」

「雄一のところへ行ってやれ、もう」

「そうね。もう落ち着いたころね」

母親と会った動揺を鎮める時間を、雄一に与えていたのだということに、私ははじめて気づいた。

「なにを、苦笑いしてるんだ、ソルティ。安見を口説いて、ふられたか？」

「なかなか。たやすく男に口説かせる隙《すき》を見せる娘じゃありませんよ、あれは」

「まあ、そうだろうな」

黄金丸が、ボールをくわえてきた。群は無視している。

「成行《なりゆき》に任せるしかないぞ、ソルティ」

「俺も、そう思ってます」

「しかし、あの娘は魔女だな。少なくとも、久納満はそう思うだろう」

「俺も、思いはじめていますよ」

「男が、ほんとうに男だったら、あれほどの女はいない。半端な男だったら、身の破滅だな」

「女が男を滅ぼす。群先生でも、そういうことを考えるんですか？」

「いつも、考えてるよ、ソルティ。いや、怯えてるのか」

群が笑った。

黄金丸は、まだボールをくわえたままだ。

26 会談

午後一時には、私は昼食を終え、オフィスでじっとしていた。

私のところからは、社長室の様子などまったくわからない。安見が、もう雄一と一緒に来ているだろう、と想像しただけだ。

船は、蒼竜が出ているだけだった。十六人の団体で、どこかの港で錨泊《びょうはく》してのランチというう、冬にはもの好きとしか思えないオファーだった。児玉船長は、ランチクルーズが嫌いだから、いまごろ不機嫌にコックの動きを見ているだろう。甲板で、火を使われたくないのだ。

私は、いつも遅れ気味のデスクワークを、大車輪でこなしていった。泊り客である川中が、社長室に行った気配もないのに、私だけが顔を出すこともできない。

「どうしたんですか、ボス。真面目《まじめ》になってしまって、気味が悪いな」

午前中のマリーナの作業に行っていた野中が戻ってきて言ったが、私は無視していた。

「児玉さんに無線を入れといた方がよくない、野中君。海、荒れるわよ」

山崎有子も、私が左手でサンドイッチを食いながら仕事をこなしたことに、少なからず驚いているようだった。

一時半を回り、二時になった。社長室からは、なんの連絡もない。四人の会談が終ったら声をかけてくれと、忍には頼んである。

野中は、二時過ぎに児玉と無線で話し、出ていった。三時には蒼竜が帰港する。帰港後の作業を、手伝うつもりなのだろう。セイリングヨットは、冬場に手入れをしておかなければならないところが、多くある。新しい帆なども、冬にテストしておくのだ。

内線の電話が鳴ったのは、二時半を回ったころだった。私は、社長室へ呼ばれた。

すでに、四人は帰っていた。

「疲れたぞ、ソルティ」

「忍さんが、ですか？」

「俺は、兄貴を見ていて、こわくなる時がある。親父《おやじ》に似てるんだよ。顔なんかじゃなく、性格とか考え方がな」

忍は、きっちり締めていたネクタイを、ちょっと緩めてソファに腰を降ろした。大きなデスクがあり、書類が山積みになっている。以前はきちんと整理されたデスクだったが、いつのころからか忍は書類を出しっ放しにしておくことを好むようになった。

「兄貴は、にこにこ笑いながら、徹底的にあの小僧を懐柔《かいじゅう》しようとした。そして小僧の方は徹底的に抵抗した」

「安見は？」

「ひと言も喋《しゃべ》らなかった。小僧の母親の方は、泣いたり叫んだり、この場で死ぬと言ってみたり、大変だったが」

「そうなんですか」

私は、煙草《たばこ》をくわえた。秘書がコーヒーを運んできたが、コニャックも持ってこいと忍が命じた。明るい時間から、忍が酒を飲むことはめずらしい。

「秋山安見とあの母親じゃ、勝負になっていなかった。あの中年女が、小娘に見えたぐらいだ」

運ばれてきたコニャックを、忍は無造作に摑《つか》むと、コーヒーの中にかなりの量を注ぎこんだ。私は、そのままコーヒーを口に運んだ。私にもコニャックを入れろとは、忍は言わなかった。

「村井雄一と兄貴の勝負は、見ものだったな。あの小僧が、堂々と兄貴と渡り合って、兄貴は終始笑みを絶やさず、じっくりと話を聞くという態度だった。時々頷《うなず》いたり、厳しいことを言ったりもした」

「もともと、血は父子《おやこ》でしょう」

「似ていないな。小僧は、あんな中年女に育てられたとは思えないほど、毅然《きぜん》としていたよ。そばに、あの娘がいたからかな」

「つまり、父子になりたくないということを、村井雄一ははっきり言ったんですね」

「それどころか、親とはなにかということについてまで、説教してたぜ、小僧は。半狂乱になった母親を、兄貴が黙らせたが」

「母親の方を、母親とは認めてるんでしょう、雄一は？」

「それはそうさ。あの母親のもとで育ったんだ。なぜそっち側にいるのかと言われて、あの中年女はヒステリーを起こしたのさ」

「それで、もの別れですか？」

「そういうことだ。結婚した二人を受け入れるとまで、兄貴は言ったんだがね。財産がどれぐらいあるかも、正直に言ってた」

「金で動かなかったってことでしょう。それは、俺の予想の中に入ってましたが」

忍は、それ以上喋ろうとせず、コニャック入りのコーヒーを啜《すす》った。私は、短くなった煙草を消した。忍の沈黙は、なにか不気味なものを感じさせ、私は出かかった言葉を呑《の》みこんだ。

電話が鳴った。忍は、腰をあげようとはしなかった。秘書が入ってきたが、それも手で追い払う。有能な社長にはあまり見られない仕草だった。電話は十数度鳴り続け、沈黙した。直通の電話だったようだ。

「狂ってるな。親父の血は、どこか狂っていた。それが、姫島の叔父貴《おじき》を苦しめたりした。兄貴たちにも俺にも、その血は通ってる」

「忍さんは、だいぶ違う、と俺は思っていますが」

「同じだ。同じ血だ」

「たとえ同じ血でも、人格は違う。俺は、そう思います」

「同じ血でもか」

「そういうもんでしょう。俺が言うのも、生意気ですが」

「もういい。とにかくおまえ、群先生のところへ行って、秋山安見をどこかへ移動させろ。ひそかにだ」

「なにか、危険が?」

「兄貴が、あんなににこやかだったからな。親父は、いつもあんなふうに笑って、人の心を押し潰《つぶ》したもんさ」

「安見が、危険ということですね」

「上の兄貴は、下の兄貴と違って孤独癖がある。しかし、恐しく人の使い方がうまい、というところもあるんだ。どんなものでも利用するが、またそれなりの腕を持った人間を抱えてもいる」

「止められないんですか？」

「狂ってる人間を、止められるか、おまえ？」

「狂ってるなんて、そんな」

「人の命なんか、なんとも思っていない。これを、狂っていると言わなくて、なんと言う。いままで、あんなふうに笑いながら、兄貴は何人も人を死なせたよ」

「わかりました」

「おまえは、全部わかっちゃいないぞ。多分、わかっちゃいない」

「わからなけりゃ、わからないなりに、俺はやりますよ。どうせ、相手は人間なんでしょう。どれほど手強《てごわ》くても、人間なんだ」

久納満は、安見のところに人をやる。安見さえ消えれば、雄一は支えを失い、久納満の言うがままだろう。

しかし、人をやるということは、殺すことなのか。それなら、確かに狂っていると言ってもいい。

「社長の兄貴だからって、俺は手加減はしませんよ」

「わかってる。兄貴が死ぬことになっても、俺は文句は言わん。おまえが死んだら、俺が骨は拾ってやる。ただな」

「ただ、なんなんです？」

「川中さんが出てくるのが、俺はこわい。上の兄貴も下の兄貴も、そして俺まで、一緒に吹っ飛ばしかねない。あの人なら、平然と自分を投げ出して、それぐらいのことはやるだろうからな」

「安見を傷つける者は許さない。そう言ってましたよ」

「すべてをぶちこわしかねないのがわかっているんで、あの人はいまのところ、おまえに任せているんだと思う」

「行きます、俺は。それから、川中さんを止められる人間が、ひとりだけいる、と俺には思えるんですが」

「姫島の叔父貴か」

なにか、とてつもない衝動に襲われたように、忍がネクタイを引き抜いた。

「俺たち兄弟のことで、またあの人を悲しませようってか、ソルティ？」

「済みません。出過ぎたことを言いました」

「いや、いまは自分に言ったようなもんだ。確かに、叔父貴なら川中さんを止められるかもしれん。もしも、という時は、考えることにしよう」

私はコーヒーを飲み干し、腰をあげた。

オフィスへ戻り、まず電話をしたのは、波崎へだった。

「なにも訊《き》かずに、やってくれるか？」

「いいぜ。ちょっと暇を持て余していた。秋山安見のガードについちゃ、おまえが適任ってのがわかるんで、俺もでしゃばれなかったんだ」

「野中と、小野玲子を使ってくれ。群先生の家から、若い男と女がひそかに出て行った。そういうかたちを作りたい」

「わかった。騙《だま》すのは、いつまでだ？」

「今夜いっぱい」

「つまり明日の朝まで、相手に見え隠れしていればいいわけだな」

「頼む」

「どれぐらいの相手だ。やっぱりプロか？」

「読めないが、そう思っていてくれた方がいいと思う。それから、おまえのポルシェは使わないでくれ。群先生の、ジープ・チェロキーを借りてくれないか。群先生には、俺から連絡を入れておく。それから野中にも。場合によっちゃ、俺の船を使ってくれてもいい」

「了解。こっちは、心配するな」

「じゃ、すぐにはじめてくれるか」

電話を切った。

「逃げるぞ」

次に、安見の携帯電話を呼び出して、私は言った。

「その方がいいって気がするわ」

「なにか、感じたのか？」

「おかしな笑顔だったし、おかしな穏やかさだったわ、久納満っていう人」

安見は、私よりずっと人に対する洞察力がありそうだった。

「まず、ダミーを逃がす。群先生にはこれから話をするが、小野玲子女史に協力して貰《もら》う。もうひとりは俺の弟分で、波崎ってやつがすべてやる」

「いいわ。それで、あたしたちは、どこへ逃げるの？」

「それを、俺はいまから考えるのさ。かなりの難問だが、夕方までにはなんとかなる、と思っていてくれ」

電話を切った。

群秋生に電話する前に、私はしばらく時間をかけて頭の中を整理した。

27　島の友

夕方、群の家から二人をピックアップした。使った車は知り合いのペンキ屋のワゴン車で、仕事の道具が積みこんであり、後部に乗っている人間はまったく見えない。

一時間前に、野中と小野玲子が、ジープ・チェロキーで出て、わざとらしくなく街を走り回り、いまごろは児玉船長が操船するカリーナⅡに乗りこんでいるはずだ。児玉は、わけもわからずナイトクルーズの客を押しつけられ、しかもそのうちのひとりが部下の野中ときているから、さぞ面食らっただろう。

私は、二人をペンキ屋のワゴン車に乗せると、迷わず海沿いの道に出た。尾行《つけ》ている車は見当たらない。

二人とも押し黙っていて、どこへ行くのかも訊こうとしない。

二つ先の漁村に車を入れた。知り合いのペンキ屋はこの漁村の人間なので、ワゴン車があってもなんの不思議もなかった。

私はクルーバッグを抱え、二人を車から降ろした。波止場に、船外機付きの小舟が一艘《そう》繋《つな》いである。それも、借りてあった。

「もう一度、風間島だ。あそこの空屋に、しばらく潜伏して貰う。同級生もいることだしな」

風間島が、必ずしも安全だと私は思っていなかった。ただ、人の眼《め》は街とは較《くら》べものにならないほど少なく、そして誰かがやってくればすぐにわかる。

二人を乗せ、スターターの紐《ひも》を引いた。

すでに陽《ひ》は落ちかかっていたが、波は静かだった。ポータブルのコンパスが示す通りの方位で、舟を進ませることはできる。黒い島影が見えていた。カリーナⅡならば十分で着くが、この舟では三十分以上はかかりそうだった。

「釈然としないんだな、俺は。若月さんに助けて貰うのがです」

「人が、ひとり死んでいる。それを忘れるな。それに俺は、おまえらのためにやっているんじゃない」

「じゃ、なんのためです?」

「言葉で言えないもののためだ」

静かと言っても、沖へ出れば多少はガブられた。時々、飛沫《しぶき》が頭から降ってくる。私は、風の方向に注意していた。風が吹く方向から、波も来る。そして宵の口は、風の方向が変りやすいのだった。

「ここは任せようよ、若月さんに」

安見がぽつりと言った。

周囲がすっかり闇《やみ》になり、島影もはっきりは見えなくなった。航海灯に代る明りは、なにもつけていない。

やがて、島の灯がぽつぽつと見えてきた。入港ブイの、小さな明りも見える。島のそばは、多少波立っていた。海とはそういうものだ。

入港した。舫《もや》いは船首《バウ》一本だけで、船尾《スタン》には小さな錨《いかり》を落とした。

安見と雄一がいた空屋だ。まだ汚れてもいなかった。ランプをつける。石油ストーブには、燃料がたっぷり残っていた。

私は二人を家に残し、雄一の同級生だったという、山口《やまぐち》という男と会った。漁師で、荒っぽいが素朴という感じの男だ。

「村井になにがあるのか知らねえけどよ、一度出て行ってまた戻るなんて、よっぽどの揉《も》め事か？」

「あまり人に会わせたくない。ただそういうことなんだ」

「あいつ、怪我《けが》は？」

「もういいようだ」

「ま、あの女がついてりゃ、大丈夫だろう」

「そう思うか？」

「思うね。平気で、村井の傷を縫いやがった。あんなかわいい顔しててよ。気性はしっかりしてるんだ、多分。村井にゃ、あんな女の方がいい」

「村井は、どこか弱いか」

「弱いっていうより、引き摺《ず》られるね。そういうところが、高校時代はあったよ」

困ったことがあったら、一応は相談してくれ、とも山口は言った。

私はそのまま舟へ行き、舫いをしっかり取り直し、燃料も確認した。それから、波崎の携帯電話を呼び出す。島でも、陸岸《りくがん》に近く、電波はそれほど悪くなかった。

「さっき、船が近づいてきた」

カリーナⅡは、児玉船長がいつもランチクルーズで使う湾で、錨泊しているという。

「見馴《みな》れない船だって、児玉さんは言ってた。野中と玲子女史は、船室から出さず、俺もちらりと姿を見せてやっただけだ」

「とりあえず、明日の朝までそこにいてから、マリーナに帰ってくれ。それで、ひと晩稼いだことになる」

「わかった」

ひと晩の間に、私はやるべきことをいくつかやっておくつもりだった。

家へ戻ると、私はクルーバッグの中から、さらに小さな袋と、懐中電灯を出した。二人はぼそぼそとなにか喋っているが、私は気にしなかった。

もう一度波止場へ行き、二時間ほどかけて、家まで引き返した。

二人は、食事をせずに待っていた。山口が差し入れをしたらしく、石油ストーブの上で鍋《なべ》が煮立ち、握り飯も並んでいた。

「なにが起きるかわからん。なにも起きないかもしれん」

「起きるわけがない、と俺は思いますが」

「久納満は、おまえが息子になるのをいやだと言っただけで、諦《あきら》めたわけか」

「そう思いますよ。俺ははっきりと意思表示をしたわけだし。またこの島へ来るなんていうのは、無駄としか思えません」

「俺は、おまえよりいくらか久納満という男を知っているが、ほとんどのことは自分の思う通りにしてきた人間さ」

「そんなふうには、見えなかった。安見にも言ったんだけど、俺のおふくろの方がみっともなかったぐらいですね。久納満という人は、紳士だと思いましたよ」

「まあ、ほんとの紳士かどうか、これからわかるさ」

私たちは、割箸《わりばし》で鍋を突っつきはじめた。山口は、高校時代は、雄一の家のすぐそばに下宿していて、しばしば雄一の家でめしを食ったらしい。なにか、借りの意識があるのだろう。

めしを食い終えると、私はすぐに持ってきた寝袋に潜りこんだ。

四時間ほど眠ったところで、私はそっと起き出した。家から波止場まで、懐中電灯も使わず、ゆっくりと歩いた。

舟には、誰かやってきた痕跡《こんせき》が残っていた。燃料が、きれいに抜き取られている。これでは、二、三分走っただけで、船外機は止まる。つまり、漂流《ひょうりゅう》ということになるのだ。

ほかに、舟にいじられた形跡はなかった。

家までの道を確かめながら、私はゆっくりと戻った。二人は、眠っているようだった。

私も、また寝袋に潜りこんだ。

　私は眠ってはいなくて、家の外に人が近づいてくる気配があるのを、はっきり感じた。夜明け前だ。

　私は、足音をたてないようにして、裏口から出て、玄関の方へ回った。ひとり。ほかにはいないようだ。しばらく、私は様子を見ていた。

　かなり経《た》ってから、いきなり人影が動き、激しく玄関の戸を叩《たた》きはじめた。安見が飛び出してくる。私も、懐中電灯で照らした。

　山口だった。

「なにかあったのか？」

「おかしなやつが、ひとり島に紛れこんできている。あんた、俺と一緒に来てくれないかな？」

　山口は、私にむかってそう言った。

　私は、家に入った。ランプをつけ、石油ストーブのそばにしゃがみこむ。

「誰に、頼まれたんだ？」

「なにを言ってんだよ？」

「俺たちのあとから、この島に入ってきたやつは、誰もいないぞ、山口」

「そんな。俺は」

「だから、誰に頼まれた？」

私はナイフを出し、山口ののどもとにつきつけた。止めようとする雄一を、手で制した。

「誰か紛れこんできているとして、それがどうしておまえだけにわかるんだ」

「見たんだよ、俺は」

「まだ、出漁前じゃないか。漁師が港に行くのは、あと二時間ぐらい経ってからだろう」

「それは」

「それにおまえ、十分以上も、家の前に立っていたじゃないか」

寒いのに、山口は額にびっしりと汗を浮かべている。私は、ナイフの刃を山口の首に直《じか》に当てた。山口の躰《からだ》がふるえる。やはり、純朴な青年ではあるらしい。

「誰に頼まれたかだけ、喋れ」

「俺は」

「山口、ほんとうに、誰かに頼まれたのか？」

雄一が、寝床から立ちあがった。私は、ナイフを握った手に、ちょっとだけ力を入れた。

「神前亭に」

「つまり、久納満だな、社長の」

「そうだよ。なあ、村井。神前亭の社長になにか言われて、俺らに逆らえないことぐらい、おまえにもわかるだろう？」

「そんな。裏切りだ、おまえ。役に立つから任せろと言ったの、おまえだぞ、山口」

「俺は、おまえになにかやろうとしたんじゃねえよ。おまえにゃ、なにもするな、と社長も言った。ただ、若月って人を、島の奥へ連れて行けってな」

「それで」

「山の方で、まくんだよ。そしたら、電話をしろと言われた。それだけだ」

「どこへ、電話だ？」

「わからねえ。番号だけ言われた」

「おまえ、神前亭との関係は？」

「姉貴が、あそこで働いてる。メイドだ」

「親父や、爺《じい》さんは？」

「いねえよ」

「若月さん、山口の親父は、こいつが高三の時に死んだんですよ。保険金で、ちょっといい船を買ったんだ。そうだよな」

雄一が口を挟んだ。

「姉貴は、もう五年、あそこに勤めてる。俺は社長なんて見たこともねえが、姉貴が出てから、社長に代ると言った」

「むこうから、かかってきたのか？」

「そうだよ。十時ごろだった。俺は、迷ったさ。村井に知らせようかとも考えたよ。家の前に立った時も、迷ってた」

「わかった」

雄一が言った。安見は、じっと山口を見つめていた。

「若月さん、これだけのことですよ。山口にだって、立場があるんだ。言われた通りにやるしかなかったんだろうと思います」

「悪かったよ。だけど、人を傷つけることじゃねえし、ただ若月って人を誘い出して、電話するだけでよかったんだから」

「おまえ、事情は知らないんだろうが、村井は怪我をして最初にこの島に来た。なにか、荒っぽいことになる、とは一度も考えなかったのか？」

「考えたよ。だから、迷った。だけど、村井にゃなにもしないと、社長は約束した」

確かに、家の前では迷っていた気配はある。半分は、山口の話を信用してよさそうだった。

「よし。もういい。行け」

私は、ナイフを収《しま》った。ちょっと雄一になにか言いかけ、山口は闇の中に歩いて行った。

「この場所が安全じゃないと、前からわかっていたことだ」

私は、二人に言った。

「久納満氏がそうさせたと、若月さんは考えているんですか？」

「電話があった、と山口は言ったぜ」

「しかし」

「いいか。この事態を簡単に解決できる方法が、ひとつだけある。おまえが、久納満の息子になります、と言うことさ。それで、すべてが収まるんだ」

「そうではない、ということを言うために、俺は来たんですよ。久納均という人にメールで吹きこまれた情報で、最初は財産を相続する権利を持った俺を、久納満という人は殺そうとしている、と思っていました。東京にいても、どこにいても殺されるなら、堂々と街に乗りこんで、自分にはその意思がないことを、あの人に伝えるつもりだったんです」

「ところが、殺そうとしていたのは、久納均の方だった。久納満は、おまえを息子にしたがっている。どうだ、この際、あの神前亭の財産を貰っちまうことにしたら」

「馬鹿にしないでくださいよ。俺にとって、父はひとりだけです。まわりの状況がどう変ろうと、父が父であるということは同じです。これは、安見にも言いましたが」

「わかった。あくまで、おまえは村井武志の息子だというんだな」

「当然でしょう」

「じゃ、これからどうするかだ」

「公的な場に出て、自分の立場をはっきりさせるのが一番いい、という気持にもなっているんですが」

「出られればな」

安見と話し合って出した結論だろう、と私は思った。どこかに、無理がある。それも、雄一の心情の中にある無理、と私には思えた。そういう無理を通して、男になる。悪いことではない。

「公的な場か」

それがどういう場所なのか、私には見当がついていなかった。どうでもいいような気がする。久納均の干渉を排除してからは、要するに雄一が莫大《ばくだい》な財産を受け継ぐのか放棄するのか、そのどちらかという問題になっている。普通なら、受け継ごうとしても邪魔が入る、という構図のはずが、まるで逆の成行《なりゆき》になっているのだ。秋山安見という女の問題が、雄一の内部では財産などよりも大きい、ということなのだろう。

相手が、久納満というのが、事を難しくしているだけだった。孤独で、頑固で、そしてどこか狂っている。一人息子を死なせてから、その傾向はいっそう強くなった。常人にはないような思いつきをし、そしてそれをやってのけるだけの力がある。久納一族は、みんなそうだと言えた。その傾向がいい方に出たのが、久納義正と忍信行ということだろうか。

「それじゃ、やれることをやっていって、その公的な場に辿《たど》り着く、ということにしようか」

「もう、やっているんでしょう、若月さん」

安見が、ひと言だけ口を開いた。

「確かにな。村井は、久納満に意思表示はしているわけだし、あとは世間がそれを認めさえすればいい。まあ、そこに辿り着けないので、こんな島にいるわけだが」

「はじめから、理不尽なことばかりですね。久納均という人からメールが入った時から、自分が何者なのか、いつも考えていなければならない状態になりましたよ」

久納均は、なにかで久納満の動きを摑んだのだろう。そういう情報収集の網は、やはり常人には想像できないほど張りめぐらせている男だ。

自分が相手にしているものが、紛れもなく狂気と呼んでいいものだ、ということが私にはわかりはじめていた。

そんなものは、忍にも川中にも群にも、最初からわかっていたに違いない。

「よし、行こうか？」

「どこへ？」

「わからんよ。相手が相手だ。ただ、ここにいることは摑まれている。おまえの友だちの裏切りでな」

「仕方がないでしょう、あれは」

「そうだな」

私は、山口が言ったことを、半分だけ信用していた。船外機のガソリンを抜いた。そこまでは、山口は喋ろうとしなかったのだ。

「とにかく、行こう」

荷物は、寝袋が中身のクルーバッグだけで、すっかり身軽になっていた。

私は、木の棒を一本、雄一に持たせた。

「杖《つえ》じゃないぞ。武器だ。おまえがなにかされることはなくても、安見は危ない。だから、安見を守るための棒さ」

「この島に」

「誰も来ちゃいないが、島の人間が問題なんだ。久納満からの電話を受けたのが、山口だけだとは思うな」

夜明け前である。

久納満が、カリーナⅡがダミーだと疑った時点はいつなのか。電話をしたのは、まず山口に対してで、山口が失敗してからほかの者にも電話をした、と考えて間違いはないのか。

闇の中に出た。

いつでも、懐中電灯を照らせるようにしていた。私が数歩前を歩き、二人が寄り添ってついてくる。

波止場まで、四百メートルというところだろうか。

家のかげから、三人出てきた。その後ろに、山口もいる。久納満は、四人の男を動かしたということなのか。たった四人とも言えるし、四人もとも言える。こんな島にまで、影響力を持っていることは確かだった。

私は、いきなり道を塞《ふさ》いだ男たちに、懐中電灯を当てた。

三人とも漁師ふうの若い男で、どこか憂鬱《ゆううつ》そうな表情をしていた。

「朝まで、この島を出て行くのを、待って貰えねえかな」

申し訳なさそうな口調に聞える。馴《な》れないことをやっている、という戸惑いも感じられた。

「急いでるんだよ、俺たち」

「乱暴なことはしたくねえんだ。朝までいてくれたらいいんだよ」

私は、それ以上なにも言わなかった。ひとりに近づき、いきなり蹴《け》りあげると、二人目には懐中電灯を投げつけ、三人目の顔の真中にパンチを一発叩きこんだ。

「走れ」

私が言う前に、二人は走りはじめていた。安見が、雄一の腕を摑んで走っているようだ。

山口は、立ち尽したまま動かない。

私は男たちの方へ身構えたまま、少しずつ退《さ》がって行った。背中の方向に、波止場がある。

「この野郎、いきなり暴れやがって」

三人は、すでにもう立っていた。私は、ナイフを抜いた。刃物の白い光に怯《おび》えたのか、三人はいくらか距離をとっている。私は、退がり続けた。

一歩前へ出てダッシュするような姿勢をとると、三人が二、三歩退がった。私は、一本だけ立っている木の棒を蹴飛ばした。

支えを失った、箱や棒や石が、路地に崩れ落ちてきた。三人が、行手を塞がれている。私は身を翻した。

夜中に苦労して作った仕掛けが、なんとか生きたようだ。三人の度胆《どぎも》は抜いた。だから、すぐには追ってこようとしなかった。

私はそのまま全力疾走を続け、波止場に飛び出した。すでに、小舟に二人は乗っていた。

28　ガソリン

思った通りに、エンジンは五分も走らないうちに止まった。すでに港は出ている。潮流のせいで、島から離れるように流されはじめた。

「燃料を抜かれてる」

私が言うと、雄一が低い声をあげた。

「このままだと、沖へ流されるな」

「どうするんだよ。漂流するのかよ」

闇の中で、雄一がどういう表情をしているかわからない。

「騒ぐなよ」

「そんなこと言っても、漂流するんじゃどうにもならないだろう。島を出たのが間違いだったんだ」

「島にいたら、久納満のところへ連れていかれたぜ」

「漂流するより、その方がずっとましだった。こんな海の上じゃ、凍え死ぬよ」

「手はあるさ」

「どんな？」

「携帯電話。救助要請はできるぜ」

「そうだ。とにかく、救助を頼まなきゃ」

「じゃ、かけてみてくれ」

「えっ」

「俺は、さっきの乱闘で落としちまって、持ってない」

「安見」

「あたしのは、電池切れよ。充電する暇がなかった」

「くそっ、なんてことだよ。島が、離れていくじゃないかよ」

「慌てるな、小僧。なんとかなるさ」

「どうなると言うんだよ」

私は、煙草をくわえ、ジッポで火をつけた。

「煙草なんか喫《す》ってる場合じゃないだろう、若月さん」

「慌てても、仕方がない」

「誰が、燃料を抜いたのかしら？」

「さてな」

「そんなことは、どうでもいいんだ。それより、どうやって助かるかだ」

「俺の船だったら、信号灯とか、いろんなものが積んである。無線もある。しかし、こいつにゃライフジャケットひとつ積んでないんだよ」

私は、煙草を喫い続けた。闇の中で、しかも風があるので、味がよくわからない。煙が見えないと、煙草の味は曖昧《あいまい》なものになるのだ。

「どうするんだよ。え、どうする」

「静かにしろ、村井」

「こんなのは、俺はいやだぜ。銃で撃たれたり、漂流したり、散々じゃないか。もういいよ。俺は最初は、実の父親が、俺が邪魔だから殺そうとしている、と思ってた。だから、この野郎って気にもなったさ。撃たれて、くやしいとも思った」

「だから?」

「それはみんな、久納均がやったことだろうが。久納満は、俺に息子になれと言ってるだけだ」

「そういうことは、関係ないんだろう。おまえの親父は、村井武志ひとりじゃないのか」

「もう、死んだよ」

「じゃ、久納満の息子になって、莫大な財産を受け継ぐか」

「悪くないね。助かるんなら、そうしたいもんだよ」

「雄一、本気じゃないでしょう?」

言った安見の声は、静かだった。あとは、船縁《ふなべり》を打つ波の音が聞えるだけだ。

しばらく、沈黙が続いた。

「俺は、久納満っていう、俺の実の父親が、俺を殺そうとしていることが、許せなかった。いまは、そうじゃないとわかっている」

「じゃ、村井武志という人は、あなたにとってなんなの?」

「父親が、二人いておかしいか。安見、おまえだって、母親が二人いるだろう」

「あなたの場合とは、違うわ。母は二人とも、あたしと一緒に生きて、あたしを育ててくれた」

「だから、なんなんだ。俺は、久納満と血が繋がっているんだ」

「心の中で父親は生きている、と言ったのはうそ？」

「死んじまってんだよ、もう」

「心の中で生きているかぎり、死んでいないと言ったことは？」

「もうやめてくれ。俺を殺そうとしたのが、久納均だってことがわかった時に、俺はこういう気持になるべきだった」

さらに、流されていた。すでに、島の全景が、黒い影として捉《とら》えられるぐらいの距離になっている。

私は、舟が流されるままにしていた。方位は時々見ていたので、どこへ流されるか見当はついていた。このままでは、島もなにもない海域に入る。

「助かるよな、若月さん。このまま流されるってことはないよな」

「誰かが、見つけてくれればだ」

「船ぐらい、いるだろう？」

「少なくとも、漁船はいない。そういう海域だ。貨物船かなにかがいればいいんだが、出会える確率は低いな」

「じゃ、どうなるんだよ。死ぬのか？」

「まあな」

「いやだよ、俺は。死にたくないよ。富豪《ふごう》の後継ぎって人生が待ってるんだぜ。それが、漂流して、ひからびて死ぬのかよ」

「水がない。だから、それほど時間はかからんよ。寒流に乗ってるから、もっと寒くなるだろうしな。眠るように、死ぬことができると思う」

「冗談じゃねえよ」

「もう黙れ、小僧。喚《わめ》いてるとそれだけ体力が消耗して、おまえが一番最初に死ぬぞ」

「黙ってられるかよ。いやだよ。死にたくねえよ」

水平線が、かすかに判別できるようになっている。闇に明るさが滲《にじ》み出す。それが、陽の出前の特徴だった。冬にしては、晴れた穏やかな日だ。

陽が出てきた。

不意に、すべてのものが明るく照らし出されたという感じだ。

雄一は、膝《ひざ》を抱えてうずくまるようにしている。安見の眼は、雄一を見てはいなかった。遠く、くっきりしてきた水平線の方にむけられているだけだ。

「おい、明るい光の中で言ってみろよ。せっかく、富豪の後継ぎって人生が待ってたのに、こんなところで死にたくないって」

「助かるんなら、何遍でも言ってやる」

「助からないから、ほんとのことを言うのさ。そういうもんだろう。本心を隠したまま、死にたくはねえだろうが」

「久納均に騙されたのが、馬鹿だった。つまんねえ意地を張ったりもした。俺は、後悔してるよ。いい人生が待ってたはずなのに」

「村井武志ってのは？」

「くどいね、あんた。もう死んじまってるんだよ。いねえんだよ。俺に、財産もくれはしねえんだよ」

「どうでもいい存在ってことか？」

「生きてる人間にとって、大事なものってあるだろうが」

「安見、おまえはどう思う。村井の本心は、こんなもんらしいぞ」

「もういいんです」

「なにが？」

「あたしは、自分がしてあげられると思ったことは、全部しました。一緒に死ぬことになってもいい、とも思いました。その気持が、一度も揺がなかっただけで、いいんです。あたしが、あたしじゃなくなることはなかったんだから」

「利いたふうなこと言うなよ。なんだよ。俺は、おまえに引き摺られて、ここまで来たようなもんじゃねえか」

「自分の意志は、なかったの？」

遠くに眼をむけたまま、安見が言った。

「ねえな。俺は、ふり回されただけだ」

「そう。じゃ、自分を嗤《わら》うのね」

嗤うことはせず、雄一は膝を抱えたまま啜《すす》り泣きをはじめた。

島が、かなり遠くなっている。海上の距離感は、肉眼では錯覚を起こすことが多いが、いまは明らかに遠い。一時間は、流されただろうか。

「おい、泣いてても仕方ねえぞ、村井」

雄一は、掌《てのひら》で涙を拭《ぬぐ》っていた。

「生きて帰れたら、おまえ、久納満の息子になるのか?」

「生きて、帰れるのかい?」

「可能性はある。今日は晴れていて視界がいい。遠くを通る船が、見つけてくれるかもしれん。俺は悲観してないぜ」

「生きて帰ったら、俺は素直に、富豪の息子になるね。おふくろだって、それを望んでるから、半狂乱になってるのさ」

「安見にふり回された。ほんとうに、そう思ってるのか?」

「安見は」

雄一は言葉を切り、さらに膝を抱えるように背中を丸めた。

「俺にどうしろとは、ひと言も言わなかったよ。確かに、言わなかった。だけど、安見の眼だよ。その眼に見つめられて、俺は強がったと思う」

「見つめられて、強がりを言って、それでこの期に及んで泣いてるわけか」

「あんたに、なにがわかる」

「なにも。おまえのようなやつのことを、わかりたくもねえな」

「俺は、ガキのころから、意気地がねえんだよ。それが、コンプレックスだった。安見が、いつも俺のそういう弱いところを見ていたような気がしてた。そこに、おかしなメールが久納均から入った」

それで強がって、御託を並べた。そして、動かざるを得なくなった。なんとなく、私にはその気持はわかった。安見が男を駄目にするかもしれない女だ、と牧子が言った。確かに、的はずれのことではない。中途半端な男は、こんな具合になってしまう。

「言いたいことは、それだけか、村井?」

「あんたらが、余計なことをしなけりゃ、俺はいまごろ金持の息子だ。あんたを、顎《あご》で使ってたかもしれない」

「悪かったな」

「本気で言ってんのかい?」

「金が、そんなに大事か、村井?」

「あんただって、金のために働いてる。金なんかどうでもいいってのは、偽善だね。安見だって、でかいホテルの娘なんだから」

「金は、どうでもいい。そう言ったのは、おまえじゃなかったのか？」

「そんなことを、言わせるんだよ、安見は。それでなきゃ、こっちをむいてくれないような気がするんだよ。気を惹《ひ》くために言ったおまえが悪いと言われりゃ、それまでだがよ。俺ははじめから、安見が喜びそうなことだけを言ってきたって気がする」

「ごめんなさい」

安見は、遠くに眼をやったまま言った。

「あたしのことが、そんなに苦痛だったとしたら、謝るしかないわ」

逆光で、安見の頰《ほお》のうぶ毛が金色に光って見えた。

安見は、多分、本物の男を求めている。それは父親であり、川中であり、坂井であり、N市で関《かか》わったほかの男たちでもあるのだろう。

「おまえ、男を見る眼がないな、安見」

「そうかもしれません」

「男に、強さだけを求めるな」

「はい」

「素直じゃないか」

「死ぬかもしれないんですから」

不意に雄一が顔をあげ、悲鳴のような声をあげた。死ぬという言葉が、切実に胸に迫ってしまったのだろう。

「ほかに、言いたいことは、安見?」

「なにもありません。あたしは、自分の性格を簡単には変えられないと思うし」

「わかった」

私は、煙草をくわえて火をつけた。あと三本しか残っていない。

一本の煙草をゆっくりと喫い、私は頭を回転させた。カリーナⅡが錨泊している湾はかなり遠く、ここまで三時間はかかる。

しかし、見馴れないと児玉が言った船は、早いうちにその湾を離れたかもしれない。そして、山口からの連絡を受けた。とすれば、夜のうちに風間島に近づいていた可能性はある。

煙草を喫い終えても、私はしばらくじっとしていて、風間島の周囲の海域だけを見ていた。船影は、肉眼では捉えられない。しかし、朝日を受けて鋭く光を照り返すものが、確かに海上にあった。気のせいではない。キャビンの窓のガラス。これまでの経験から、私はそう思った。

私は、足もとの板を二枚剝《は》ぎ、船底に隠してあった、二リットルのペットボトルを二つ出した。ガソリンが詰めこんである。私はそれを、船外機の燃料タンクに注ぎこんだ。二十馬力の船外機は、四リットルのガソリンでかなりの距離を走る。

　雄一が、私の手もとを見ていた。

「おまえは、親父のところへ行け。ただし、その前に、おまえの親父がどんなことをする人間か、よく見ておけ」

　私は、スターターの紐を引いた。一発ではかからなかった。三度、四度と引くと、白い煙が出てエンジンがかかった。

「頭は使うためにある。群先生なら、そう言いそうだ。燃料が抜かれていることを、俺は夜のうちに確かめておいた。おまえの友だちは、そこまでは喋ってくれなかったな、村井。そこまで喋ってくれたら、俺はちょっとおまえを見直したと思う」

「ガソリンを？」

「はじめっから、用意しておいた」

　安見が、じっと私を見ていた。

「これから、ひと勝負だ。二人とも、覚悟してろよ」

　回転をあげた。こちらの存在は、とうにレーダーで捉えられているだろう。

　風が、不意に冷たくなった。私は、風間島の方へ舳先《へさき》をむけていた。

29　迷路

飛沫《しぶき》が、頭から降ってきた。舟底が海面を叩く衝撃が、連続して襲ってくる。風と潮流に流されたところを引き返しているので、完全な逆風だった。波にぶつかるような走り方になる。

「しっかり、摑まってろ。絶対に立つなよ。海に落ちたら、あっという間に潮流に流されるぞ」

全開にしていた。舟は跳ねるようにして進んでいる。遠くに見えていた硬質の光が、さらに近づいているのが、はっきりわかった。船であることは、紛れもなかった。

島がかなり近づいてから、私は舳先を三十度左へ振った。

斜めから波に切りあがるかたちになり、飛沫はだいぶましになった。それでも右舷《うげん》からの飛沫は、時々頭上から降ってくる。

片手で船縁を摑み、安見はじっとしていた。雄一は、舟底に躰を縮こまらせるようにしている。ふるえているのかもしれない。

船の姿が、はっきり見えてきた。多分、五十フィートクラスのクルーザーだ。

私は、陸岸の一点に目標を定め、走り続けた。何年も走り回っているこのあたりの海域は、私にとっては庭のようなものだった。陸岸の風景はもとより、海図に記入してあることも、ほぼ頭に入っている。潮の流れ、水深、海底の底質《ていしつ》が岩か砂か。暗礁や岩礁の位置。海岸線の形状。

船が、近づいてきていた。このあたりの海域ではまったく見かけない、大型のクルーザーだった。フライブリッジも、オーニングで完璧《かんぺき》に囲っている。

船の大きさや速さでは勝負にならないが、ここは私のフィールドだった。よそ者を引き回し、冷や汗をかかしてやるぐらいのことはできる。

迫ってきた。船型も、はっきりと見ることができた。リーバだった。街のマリーナには、いない。近辺のマリーナにも、いるという話を聞いたことがない。ただ、船は遠くのものでも、乗っている人間がどうなのかは、わからなかった。

「船が、近づいてる」

雄一が、ようやくそれに気づいて、叫ぶように言った。安見は、ずっと前から気づいていたが、ひと言も声は出していない。

「こっちにぶっつけて、沈めようとでもいうんだろう」

「そんなことは」

「そんなことは、なんだよ、村井?」

「あり得ない」

「おまえの身柄を手に入れるか、この世から存在を消してしまうか。久納満が考えているのはそういうことさ」

「俺は、行くよ。行っていい、と言ってるんだから」

「いまさら、そんなことが通用するか。おまえが見栄《みえ》を張ったために、死んだ人間だっているんだ。その責任は、おまえがしっかりと取るべきだね」

「無茶な。終りにしようと言ってるのに」

「なにが無茶だ。おまえは、男が守るべきことを、きちんと守れば、それでいいんだよ。俺たちに宣言したこと、見栄を張って安見に言ったこと。そういうものを守り通して、死んだ人間にもはじめて言い訳が立つし、俺たちが躰を張ったことも、無駄ではなくなる」

「一方的だ、そんな理屈は」

「そうかな。これは全部、おまえがいて、信念を恰好《かっこう》よく表明したから起きていることだぞ。おまえがいなけりゃ、こんなことは起きなかった。試しに、おまえをぶち殺して、海に放《ほう》りこんでみようか。あの船は、あっという間にいなくなるさ」

「俺のせいなのか。俺の躰に流れる血は、俺のせいなのか?」

「その血にどうむかい合うかは、おまえの責任さ。おまえのむかい合い方が、いまの事態を招いているんだ。だから、おまえに責任を取って貰う」

「馬鹿げてる」

「そう思うだろうな、おまえは。だけど、死んだやつや、躰を張った俺たちにとっちゃ、もっと理不尽さ」

船が迫ってきていた。私は、さらに四十度ほど左に変針した。これまではお互いに近づいていたが、それで、追われる恰好になった。そうなると、距離は急激に縮まってはこない。

横波を受ける方向で走っていたが、私は気にしなかった。推進力があれば、少々の横波は凌《しの》ぐものなのだ。

私は、前方の海面を注視していた。視点がふだんよりずっと低いので、私の捜しているものは見えない。陸岸との距離からは見当がつけにくいので、ひたすら海面を凝視しているしかなかった。

前部甲板にいた安見が、前方の海面を指さした。しばらくして、私は波の間に、海面のかすかな乱れを見てとった。安見のいる方が、ちょっと視点が高いが、それでも船上の見張りがなにか、よく心得た仕草だった。

海面の変化は、わずかなものだが、船乗りの神経を強く刺激する。しかし、追ってくる船が、その変化を気にしているようではなかった。ほんとうに海を知っている人間は、乗っていないのかもしれない。

海面が変化を見せている。三十メートルほど手前まで走り、私は四十度ほど船首《バウ》のむきを振り、ちょっと走ると、また元のコースに戻した。追ってくる船は、そのまま突っ走ってきたが、突然減速し、船体を横に向けた。距離が開いて行く。私も、減速した。

「追えるものなら、追って来い。暗礁だらけの海だぞ」

私は声をあげた。

「俺はここに、自分の船で入ったこともあるんだ。地獄の迷路を、好きなだけ引き回してやるぞ。付いて来れればだが」

安見の口もとが、ちょっと動いた。ほんとうは表情が豊かな娘なのだろうが、このところ能面のような表情を崩していない。

舟の方向を変えた。岩礁が、三つ出ているのが見えてきた。それは海面から顔を出している岩礁で、海面の下に隠れている暗礁は、もっと多くある。

船が、微速で近づいてきた。私の方も、あまりスピードをあげてはいない。

「俺は、むこうに乗り移る」

「勝手にしろ、村井。ただし、一切手は貸さん。泳いで行け」

「無茶ばかり言うなよ。俺がむこうへ行けば、あんたらだって助かるだろうが」

「そんな助かり方はしたくないんでね」

暗礁をかわすために、私は大きく右へ旋回した。相手の船に近づく恰好になったが、間には暗礁があった。船名が読み取れるほどの距離である。フライブリッジに二、三人。

後部甲板《アフトデッキ》に二人。少なくとも、五人は乗っている。

すでに、私が補給した燃料の、半分は消費しているだろう。あと半分で、どれだけこの大型クルーザーを引き回せるのか。

風間島が遠ざかる分だけ、陸岸が近づいてくる。しかし、船がつけられるところではない。五十メートルに近づけば、波に揉《も》まれ、岩礁に打ちつけられるのは眼に見えていた。陸岸から二キロのこのあたりが、船で動き回れる限界の海域だろう。

「なんのためなんだよ。え、これはなんのためなんだよ？」

「おまえにゃ、わからないもののためさ、村井。人間が、こう生きようと決めて、それを守る。それは、自分のためなんだ」

「俺だって、自分のために考えている」

「次元の違うところでな。そうさ、次元が違うんだよ。おまえにゃ、俺の次元でなにか言う資格はない。無論、安見の次元でもな。紙っぺら一枚で決まる資格なんかとは、まるで別な資格が、男にゃあるんだ」

「わからないよ。そんなことは、わからない」

「わかる、と最初におまえは言ったんだ。誰がどう決めるわけでもない資格のために、すべてを賭《か》けると」

船が、すぐ後ろに迫ってきた。安見は、それも気にならないように、じっと遠くの海面に眼をやっている。

スピードを、少しあげた。岩と岩の間を走り抜ける。相手もついてきた。船首《バウ》にひとり立たせ、暗礁を見きわめようともしている。しかし、よくは見えないはずだ。暗礁には海藻が生えていて、安全な深さにある暗礁も、海面のすぐ下に迫っているように見えたりする。

船首に立っている男の顔が、はっきり識別《しきべつ》できた。戸惑っているようだ。なんとか、その暗礁を越えた。スピードをあげた船が、すぐ後ろにまで迫ってくる。私は、もうひとつ、深いところにある暗礁の上に舟を進めた。海藻のせいで、やはり海面のすぐ下に岩があるように見える。実際は、三メートルの水深はあるのだ。五十フィートの船でも、百五十センチの水深があれば、ほぼ安全だった。

船首に立った男は、度胸を決めたのか、前進の合図を送りはじめた。微速で、船が進んで来る。なにもなく、その暗礁を乗り越えた。船首に立っている男は、自信を持ったようだ。船がエンジン回転をあげ、波を蹴《け》立《た》てはじめた。

私も、回転をあげた。三つ目の暗礁。私はこのあたりで、鮑《あわび》を採るために潜ったことがあり、ほぼ暗礁のありようは頭に入っている。カリーナⅡも、ここに錨泊させたのだ。

私は、いくらかスピードをあげたまま、その暗礁の上を走り過ぎた。船も、同じぐらいのスピードで追ってくる。

「見てろよ。海のこわいところを教えてやるぜ」

私は、さらにスピードをあげた。眼の前に暗礁がある。海藻で眩惑《げんわく》している暗礁ではなく、ほんとうに海面直下で牙《きば》を剝《む》いた暗礁だった。ただ、船が通過できるわずかなくぼみがある。私はそこで、昆布を殻に生やした、子供の頭ほどの鮑を採ったのだ。

スピードをあげたまま、そのくぼみを突っ切った。船が追ってくる。私のスピードに誘われていた。それに、いままで海藻に眩惑され続けてきている。白波を蹴立てるのが見えた。こちらの航跡から、わずかにずれている。暗礁のくぼみは幅五メートルほどで、三十八フィートのカリーナⅡを通過させるのでも、私は微速で、おまけにシュノーケルをつけた野中に誘導させたのだ。

私のところにまで、はっきりとぶつかる音が聞えてきた。スピードをあげていたので、船底に相当長い傷を作ったことは間違いなかった。おまけにスクリューがひっかかったのか、船は横向きになって停《とま》り、すぐに右に傾きはじめた。

船の上で、慌てているのがはっきり見えた。浸水は、大噴水並みだろう。ただ、完全に沈みはしない。下の暗礁につかえるからだ。

私は、船尾《スターン》の方へ回って、船籍《せんせき》を確認した。焼津《やいづ》船籍になっていた。静岡県だ。N市とはそれほど遠くない。

「一日かけて、ここまで来たな。まあ、無駄足だったってことだ」

私はスピードをあげ、舟を沖にむけた。このあたりに、舟をつけられる場所などないのだ。

燃料は、きわどい量が残っている。風間島へは行き着けない。陸岸のどこかに行けるとしても、上陸はできない。

ひとしきり沖へむかって走り、それから陸岸と平行になるように船首の向きを変えた。十分。それぐらいのものだっただろう。エンジン音が不規則になり、そして停った。

「おい、どうしたんだよ？」

「今度こそ、燃料切れだ」

「陸は、そこじゃないか」

「なんなら、泳いで行けよ、村井。潮流に乗ったおまえは、そのうち沖へ流されて行く。拾いあげてもやれないがね」

「若月さん、あんたは死のうとしているのかよ。どうして、安全な方法を選ぼうとしないんだ？」

「おまえの安全と、俺の安全は違う」

私が笑うと、村井は横を向いた。安見は、相変らず沖の海面に眼をやったままだ。

30　資格

潮流に乗っていた。

この潮流は、前方にある岬を掠《かす》めると、あとはひたすら沖へむかうだけだ。

どうやれば一番安全か、私は考え続けていた。百パーセント安全というものは、なにもない。助かる確率はどれが高いか、ということだった。

暗礁に擱座《かくざ》したままの船は、大きく傾き、それ以上どうしようもないようだ。あそこからは、泳いで陸岸に到達することも難しい。たとえ近づけたとしても、崖《がけ》が続いている海岸だった。

その船も、遠くでもう点のようにしか見えなくなっている。風間島の島影も、陸地と重なり合い、島かどうかも見分けにくくなっている。

「安見、おまえ、死ぬ覚悟はできてるか？」

「はい」

「あっさり言うじゃないか」

「死ぬ時は死ぬ。どんな人間でも、死ぬ時は死ぬ。いやというほど、それは見てきましたから」

「じゃ、少々のつらさは乗り越えられるな？」

「死ぬまでは、耐えられる。そう思ってます」

「おまえ、変だよ。おかしいよ。なんで、若月なんて男の言うことを、素直に聞くんだよ？」

雄一が口を挟んだ。

「こいつは、死にたがってんだよ。なくすものを、なにも持ってないんだよ」

「生きていれば、なにもなくさないというわけじゃない。生きているためになくすものも、いっぱいあるの、雄一くん」

「なに言ってやがんだよ。死ねば終りじゃねえかよ」

「死ねば、すべてなくなるものしか、持っていない人にとってはね」

「おまえは、なにを持ってんだよ。死んでもなくならないものを、持ってるってのか？」

「多分」

「笑わせるな。死んじまって、それをどうやって確かめるんだ。子供だって、考えりゃわかることだ。この若月ってやつは、死ぬ方へ死ぬ方へ、行こうとしてんだぜ。そして、俺たちを道連れにしようとしてる」

「あなたひとりをね、雄一くん。あたしは、道連れにされると、思ってないから」

「もういいよ。おまえは、はじめから俺をひどい目に遭わせるつもりだったんだ。会った時からだよ」

「危険かもしれないが、そばにいてくれ。そう言ったの、あなたよ」

「おまえが、言わせたんだ。いまになって、よくわかる。おまえが、俺にそれを言わせたんだよ。そう言えば、俺を男として認めるって雰囲気を見せたんだ」

安見は、もう雄一の方を見ていなかった。

船は、流され続けている。三ノット。それぐらいの潮流で、かなり強い流れと言ってもいい。この潮流から抜けようと、長い時間泳ぐことは、ひどく難しい。まして、水温の低い冬だ。

私は、少しずつ近づいてくる岬を見ていた。岬の周辺も切り立った崖で、潮流の一部は岬にぶつかっているようだ。

左の陸岸は、大きく緩やかに切れこんだ、長い海岸線を持つ湾だった。まだ四キロぐらいの距離はありそうだ。水温は十二、三度というところで、一時間海中にいるのが限界だろう。

私は、さらに考え続けた。

不意に、雄一が船底の板の下を覗《のぞ》きこみはじめた。なにか、ものに憑《つ》かれたような様子だった。安見はそれにちょっと眼をくれただけで、また沖の海面に視線を戻している。

「なにか捜してるのか、村井？」

「まだ、予備のガソリンがあるんだろう。あんた、落ち着き払ってるからな。さっきも、そうだった」

「安見も落ち着いてたぜ、なにも知らなかったのに」

「組んでるんだ、安見と。なにがなんでも、俺を久納家の後継者にしたくないんだ」

「おい、錯乱《さくらん》しちまったって感じだぜ、村井。おまえが後継者になろうとなるまいと、俺にはどうでもいいことだ。多分、安見にもな」

「じゃ、なぜこんなことをしてる？」

「守らなけりゃならないものがある、と言ったろう。おまえにゃわからないだろうが」

「あんたが言ってることは、こんな漂流中じゃなくても守れるんだろうが」

「こんな時だから、守らなきゃならないものが見えてくるのさ」

「もういい、理屈はたくさんだ。それより、予備のガソリンは？」

雄一は、前部の舟底をすべて調べると、艫《とも》の方に来た。見つかったのは、ビルジの中に浮いたゴミと、空缶がひとつだった。

「どこなんだよ？」

「ないんだよ、ほんとに」

「それで、そうやって落ち着いていられるのかよ。あるはずだ。絶対にある」

「あるよ」

「どこに?」

「おまえの、剝《む》き出しになった下種《げす》な心の中にさ。おまえは久納満の息子で、久納均の甥《おい》っ子なんだ。歪《ゆが》んでる。どうにもならないほど、歪んで狂った血が躰に流れてる。この場合、その血が予備のガソリンってやつかな」

「わけのわからないことを、言いやがって」

雄一が、甲板に尻《しり》を落とした。舟は、それだけでもかなり大きく揺れた。私は、煙草に火をつけた。まだ二本残っている。

「なあ、頼むよ。もう帰ろうよ」

「帰れよ、ひとりで。陸の上じゃ、久納家の後継者っていう、呪《のろ》われた富が待ってる。それを摑みたいんだろう、村井?」

「帰れるよな。予備のガソリン、出してくれるよな」

「泳げよ」

雄一が、髪を搔《か》きむしった。私は、煙草の煙を吐き続けていた。岬は、かなり近くまで迫ってきている。

私は、二リットルのペットボトルに、舫い綱を巻きつけた。最後は、これを雄一の躰に縛りつけるしかなさそうだ。多少は、浮力の助けになる。

船影は、どこにも見えなかった。

この潮流に乗って行けば、いずれ漁場がある瀬にぶつかる。しかしそこに漁船がいるのは、朝まずめといわれる、明け方だけだった。この季節では、プレジャーボートなどもほとんど出ていない。

岬を通りすぎるまでになんとかしないと、ほんとうに漂流ということになる。

一度、燃料が切れた。しかし、燃料タンクが完全に空っぽになったわけではない。舟が傾いたりしている分、タンクの四隅に少しずつ残されているのだ。それがまた、機走中とは別の揺れ方で、大抵は吸いこみ可能な状態になっているはずだった。ただ、三十秒エンジンが動くのか、五分動くのか、やってみなければわからなかった。

岬の手前で、船首を陸岸にむける。潮流をはずれるところまで行けば、泳いで陸に辿り着くのも不可能ではなかった。

多少は保温効果もあるライフジャケットは、舟にはなかった。ペットボトル以外に、浮力の助けになりそうなものもない。

「泳ぐぞ」

「本気か、あんた？」

雄一が顔をあげ、叫ぶように言った。

「大丈夫だな、安見」

雄一を無視して、私は言った。安見が、無表情に頷いた。

「膝や肩を締めつけそうなものを着ていたら、いまのうちに脱ぐか緩めるかしておけ」

「大丈夫だと思う。靴は？」

「履いたままでいてくれ。多少は保温になると思う」

「おい、本気か、おまえら？」

「騒ぐな、村井。ここで泳がないかぎり、ほんとに漂流するしかなくなる。岬の手前から、船首を陸にむける」

「やっぱり、予備のガソリンがあるんじゃないか」

「ない。タンクに残っている、ほんのわずかな分で、数分間走れるだけだ。夜明け前に、風間島を飛び出した時みたいにな」

雄一は、私を見つめていた。かすかに首を振る。

「みんなおかしい。どうにかなっちまっている」

「一番最初にどうにかなったのが、おまえだろうが。俺たちは、それに付き合っているだけだ」

岬が、さらに近づいてきた。潮流が、多少きつくなっている。

私は、船外機のスターターの紐を引いた。二度目で、エンジンがかかった。船首を岸にむけ、推力が無駄にならないように、徐々に回転をあげた。すぐに、舟にスピードが乗ってきた。全開にはしなかった。そうすると、舳先が持ちあがる。燃料タンクに残っていたわずかな燃料も、片隅に寄ってしまう。エンジン音に気をつけた。ちょっとおかしくなると、回転を落とした。それによって舳先は束《つか》の間《ま》沈みこむ。燃料タンクの傾斜も、反対になる。

回転を上げたり下げたりして走るのにも、限界があった。音が断続的になり、停った。

私は一度だけスターターの紐を引いてみたが、なんの反応もなかった。

陸岸は、すぐそこに見えている。しかし海上では、すぐそこが意外なほど遠いのだ。

「行くぞ」

私は言い、ペットボトルを雄一の背中に巻きつけた。水音がした。安見が、飛びこんでいた。

31　岸へ

波はあったが、潮流が強い場所はすでに抜けていた。

前方を、安見が泳いでいる。私は、雄一に巻きつけたロープを、自分のベルトに縛りつけていた。雄一も、泳いではいるようだ。ロープに、それほどの負担はかかっていない。

「安見、急ぐなよ」

私は、声をかけた。水の冷たさが、躰《からだ》の芯《しん》にまでしみこんでくる。この冷たさに、どれほどの時間耐えられるのか。いまのところ、手足は動いている。数を数えた。自分が水を掻《か》く回数。百まで数えると、また元に戻す。頭の中から、できるかぎり余計なものは拭《ぬぐ》い去った。

百を、十回以上数えた。陸岸が、少しだけ近づいてきたような気がする。安見の動きにも、まだ不安はない。

波は岸にむかっているので、時々はそれに乗ることができた。両手を拡《ひろ》げたままで、躰がぐいと進むのがわかる。海での泳ぎは、要領だった。波や潮流をうまく摑《つか》めば、何時間でも泳いでいられる。しかしそれも、夏の話だった。

次第に、躰の動きが悪くなってきた。筋肉が強張《こわば》っているのが、はっきりわかる。それに、ロープに負担がかかっていた。雄一は、自分で泳ぐことをすでにやめている。

「この野郎、陸に着いたら、ぶちのめしてやるからな」

私は呟《つぶや》いた。大きな声は、出したくない。時々口に飛びこんでくる水を、ひどく塩辛いと感じはじめていた。つまり、躰が真水を欲している。

息もあがってきていた。冷たい水の中でなければ、これぐらいなんでもない。冷たさは、肺の動きさえも締めつけてくる。

安見の忍耐強さは、大変なものだった。一度として、パニックに陥ったような動きは見せない。手足の動きも、正確なリズムを失っていない。私の方が、時々踠《もが》くような動きをしているようだ。

ロープにかかってくる負担が、いよいよ大きくなった。安見との距離がいくらか開き、そのたびに私はピッチをあげなければならなくなった。ふり返って見ると、雄一はロープに両手で摑まっているだけだった。足さえも、動かしていないようだ。背中にくくりつけたペットボトルが、かなり浮力を発揮しているのか、雄一の顔は完全に海面に出ている。

「足ぐらい動かせ、村井」

言ったが、雄一は閉じた眼《め》を開こうとさえしなかった。ただ、ロープを摑んだ両手には、しっかり力がこめられている。

安見と少し距離が開いたので、私はまたピッチをあげた。肺が押し潰《つぶ》されるような気がした。走りに走った時に感じる、鷲摑《わしづか》みにされる感じとは、まるで違っていた。息を吸いこむ努力をしなければ、肺はそのまま動きを止めてしまいそうだった。

躰の芯が冷たすぎるので、私は尿を出した。ほんの束の間《つかのま》、温かさが下腹のあたりに拡がった。

もう、数など数えていなかった。吐く息さえも、凍っているような気がする。明らかに、両手の動きは悪くなっていた。気力をふり絞った。ロープの負担は、潮流に逆らって泳いでいるのと同じだ、と思うことにした。ロープにしがみついている雄一の姿を想像すると、解《ほど》いてしまいたくなる。

「若月さん、ロープをあたしに」

私と並んだ安見が言った。

「構うな」

喘《あえ》ぎながら、私は言った。

「自分のことだけ、考えろ」

安見は、ちょっと頷《うなず》いたように見えた。

岸が近づいている。そう思った。はじめに見た時より、ずいぶんと近づいている。それでも、遠い。目まいがするほど、遠い。

安見はもう、先へ行かず、私と並んで泳いでいた。息の吸い方が、ひどく苦しそうだった。時々、頭を振るようにして、息を吸いこんでいる。

「ここで、負けるなよ」

自分に言っているのか安見に言っているのか、私にはよくわからなかった。

「せっかく、ここまで闘ったんだからよ」

「負けません」

意外に、はっきりした声が返ってきた。

俺も負けられない、と私は思った。それでも、腕が重い。脚も重い。切り取ってしまいたくなるほど、重い。

凍っていく躰を、温める方法はなにもなかった。ただ耐え、手足を動かす。いまは、それだけだ。

「正面に、砂浜がある。見えるか？」

「はい」

泳ぎはじめた時は、砂浜など見えなかった。それだけ、陸岸に近づいたということだ。

「あそこを目指す。いいな？」

「はい」

岩場に取りついても、這《は》いあがるほど躰は動かせない。多分、立つのも難しいはずだ。とにかく、浜に這いあがる。それしかないだろう。

安見が、海面に一度顔を沈めた。飛び出すようにして頭を振り、大きく息を吸っている。安見の手足も、明らかに動きが悪くなっていた。

「気力だ」

それだけしか、私は言えなかった。続けようとしても、もう口も動かなかった。

視界に、白い膜がかかったような気がする。耐えた。白い膜が消えるまで、瞬《まばた》きをせずに耐えた。すると、視界が暗くなった。

沈んだのか。そんな気がした。しかし、手足は動いていた。再び視界が明るくなった時は、白い膜も消えていた。

ひとつ越えた。そういうことだ。体力の限界だと思っても、それを越えると、もうひとつ先に限界がある。その限界は、多分、死だろう。死ぬまで、それほど苦しまずに躰を動かしていられる。

「もう少しだぞ、安見」

砂浜は、確かに近づいていた。

「返事はしなくていい。ここまで泳いだんだ。まだ泳げる、と自分に言い聞かせろ」

限界を越えると、言葉もよく出てきた。手足も、動くようになった気がする。このまま、どこまで続くのか。続かなくなれば、次の限界は死だろう。

もう、ロープにかかっている重さも、あまり感じなくなっていた。とにかく、手足を動かす。それ以外になかった。

「苦しいのは、同じだ。苦しいだけ、自分は生きていると思え」

「はい」

短い返事が返ってきた。弱々しい声でもあった。しかし、はっきりと私の耳に届いた。

「見ろよ。もう松林も見えるし、小屋があるのも見える。あとひと息だぞ」

返事はない。私は、砂浜に眼をやったまま、手足を動かし続けた。安見が、少し遅れはじめる。それでも、沈んではいない。

「ほんとうに苦しくなったら、おまえもロープに摑まれ」

安見が、わずかだがピッチをあげた。それが返事だった。それから、安見は遅れなくなった。

どれほどの時間、泳ぎ続けたのか。

波が、明らかに変ってきたのがわかった。うねりではなく、波。はっきりと、そうなってきた。つまり、底が浅くなっているということだ。砂浜も、まるでズームレンズで見るように、急速に近づいてきた。

波が、崩れはじめる。躰が砂浜にむかって押される。着いた。そう思った。立つことはできなかった。私が立ったのは、腹が砂に触れてからだった。安見が、波で押し流されてきた、私はそれを抱き止め、上体を起こした。安見が、口から水を噴き出した。

「着いたぞ」

安見が眼を開く。私は、安見の躰を、波で動かされないところまで、引っ張った。

それから、ロープを引く。渾身《こんしん》の力で、引き寄せた。村井は、ロープにしがみついたままの恰好《かっこう》だった。

波が来ないところまで、二人の躰を引きあげた時には、私の体力は尽きかかっていた。うつぶせに倒れた。砂の感触を頰《ほお》に感じた。このままでは、凍死する、と頭ではわかっていた。しかし、じっと倒れているのが、たまらないほど心地よかった。

もう一度立とうとする自分と、このまま眠ってしまおうとする自分が、せめぎ合っているのがわかった。

生きていることに、どれほどの意味がある。ぼんやりと、そんなことを考えた。このまま眠るように死ねるなら、それはそれでいいではないか。

しかし、なにかが動いている。躰の底で動いているのか。それとも、心の底で動いているのか。

立っていた。

立とうと考え、努力したのかどうか、自分ではよくわからなかった。とにかく、私は立っていた。

安見の躰。担ぎあげようとした。そうしながら、私はまた倒れた。

もう一度、立った。叫び声をあげようとしたが、口が開いただけだった。

誰かが、私を支えていた。

躰が持ちあがった。担がれている、ということがわかった。私の視界で、砂が動いている。浜に生える蔓草《つるくさ》も動いている。

視界が回った。松林が見えた。それから、顔が近づいてきた。

水村だった。

私は躰を起こそうとした。どこかに、背を凭《もた》せかけているようだった。

「俺は」

「俺は、あんたに、助けられたのか？」

「おまえは、自分の力で泳いできたんだよ。二人を連れてな」

「安見を」

「ここだ」

声がした。波崎の声だと思ったが、姿は見えなかった。周囲が、めまぐるしく動いている。服を脱がされた。ぱちぱちという音が聞えた。なんの音かは、わからなかった。

もう一度、躰が抱えあげられた。

「上の道のやつらが、ウイスキーを抛《ほう》ってくれた」

波崎の声だった。なにかが口の中に流しこまれ、腹の中で燃えた。味はなにもしなかったが、アルコールだということがわかった。

石油缶の中で、火が盛大に燃えていた。小屋の中だ。

安見も雄一も、目の前に横たわっている。それに、はじめて気がついた。

水村の胸に、大きな刀疵《かたなきず》があった。なぜだろうと思った。古い疵のようだ。それから、水村の上半身が裸であることに気がついた。

波崎も、裸だった。安見と雄一に、服が着せかけられている。私も、裸の上にコートを巻きつけているようだ。

「上の道のやつらを押しのけるのに、時間がかかった。俺ひとりじゃ、無理だっただろう。水村さんに、助けられた」

なにがあったか、考えなかった。ウイスキーを、もっと飲みたいと思った。手を出すと、ボトルを持たされた。私は、それを飲んだ。傾けたボトルには、波崎の手が添えられていた。

「二人とも、大丈夫だ」

波崎が、私の耳もとで言った。

32 ボクサー

躰が暖まると、体力はすぐに回復してきた。

波崎がどこかへ出かけ、食料を買いこんできた。私は、握り飯をひとつと、甘いパンを三つ、それにジュースを二本飲んだ。カツのサンドイッチを食ったりするより、甘いものの方が、躰にすぐ効きそうな気がした。

安見と雄一も、ようやく元気を回復してきている。

「上の道の連中は、要するに村井を連れて行こうとしてるのか、波崎？」

私は波崎が買ってきてくれた煙草《たばこ》に、使い捨てのライターで火をつけた。

下着が乾いてきたので、自分の服を着こんだ。革ジャンパーだけは、吸った水が容易に乾きそうではなかった。火は燃え盛っていて、安見の下着や服も乾いているようだ。安見は、肩にかけられたコートをそのままにして、下着とズボンをつけた。それから、セーターを着こむ。

「上の連中、船と連絡を取り合ってた。おまえらが泳いでくる場所の見当をつけて、そこで捕まえようとしたわけさ。俺と押し問答をしてたんだが、水村さんが来ると、さすがに大人しく道をあけたよ。俺たちがおまえらを拾いあげて小屋に運ぶのも、じっと見ていた」

「何人ぐらいだ？」

「六人。ただ、さっきもう一台、ワゴン車が来た。誰が乗ってるのか、窓にスモークがかかっててわからん」

水村を、こわがらない男はいない。特に、神前亭やホテル・カルタヘーナと関《かか》わりのある人間はそうだ。その上、水村の背後には、久納兄弟がまったく頭があがらない、姫島の爺《じい》さんがいる。

「連中も、さすがにこの季節に一時間以上泳いでいる人間を、見かねたな。それで、ウイスキーを投げて寄越《よこ》した。もうちょっとで、低体温症になって、危《やば》かったと思う」

一時間以上泳いでいた、という感覚はなかった。いや、泳いでいた時の感覚は、もうなくなってしまっている。

「それにしても、その小僧、なんなんだ。おまえが引っ張るロープに、しがみついてただけだ」

「まあいいさ。怪我《けが》もしていた」

「女の子だって、泳ぎきったってのに」

「ところで、上の連中、俺たちを大人しく通してはくれんのかな」

「無理だな。村井雄一の身柄を、絶対に確保しろと言われているはずだ」

「くそったれが。使えるのは、暴力と金だけか。まったく、あの兄弟は」

「俺はどうも、あとから来たワゴン車が、気になって仕方がないんだ、ソルティ。連中、あの車が来てから、ぴしっとなった」

「どうでもいいさ。ここまで来たんだ。突破してみせるぜ」

「これはおまえのやり方で続いてることだからな。俺は手を貸すが、口は出さん。水村も、同じだと思う」

水村は、外で薪になる流木を集めているようだった。

「川中さんは、どうしてるかな？」

「さっき確かめたが、忍さんと社長室で飲んでるそうだ」

完全に、私に預けた。そういうことなのだろう。さすがに、肚《はら》は据っている。

私は、もう一本煙草に火をつけた。

通さないと言っても通るしかないが、問題は雄一だった。雄一自身は、もう久納満のところへ行きたがっている。

行かせてしまえば、たやすく終る。しかし、たやすく終らせるつもりは、私にはなかった。男の意地の張り方を、雄一にこれでもかというほど見せてやる。

水村が、薪を抱えて入ってきた。

「ありがとうございます」

言って、安見が着せかけられていた服を返した。

「塩がついているので、あたし、あとで洗濯します。いまは、ほかに着るものもないので」

「気にするな。俺は、海の上で暮してるようなもんだ」

「でも」

「俺みたいな男が着たものを、ねえさんに着せて悪かったよ」

「藤木さんの、弟さんなんですか？」

「出来損いでね。それは言わねえでくれ」

安見が頷いた。

水村は、返されたシャツや服を着こんだ。雄一も、やっと着替えようという気になったようだ。服は、すっかり乾いている。

「やつらと、話をしてくるよ、俺は」

「一緒に行こう」

「すぐにやり合うってわけじゃないぞ、波崎。とにかく、一度話してみる」

私は、小屋を出た。砂の上を歩き、松林を抜け、斜面を登って上の道路に出た。

六人が、私と波崎を囲んだ。知っている顔が三人で、三人ともちょっとばつの悪そうな表情をしていた。

「通して貰《もら》えないかな、ここを？」

「まず、息子さんを返すこと。もう一度、二人きりで息子さんの意思を確認したい、と社長は言っておられる」

「こんな状態になって、意思もくそもあるかよ。おまえらをぶちのめしても、通るぜ」

「待てよ。俺らだって、あんたとやり合いたいわけじゃない。水村さんもいることだし。ただ、社長の息子さんは返して貰わなくちゃならない。それから」

男がうつむき、ちょっと上眼遣いで私を見た。

「あんただけは、我慢できないそうだ。社長は、怒っておられる。あんたを、なにがなんでも半殺しにすると」

「ほう、おまえらが、俺を半殺しだ？」

「俺たちじゃない」

「じゃなにか。社長が自分で出てくるのか？」

「代理が」

「ほう」

「ワゴン車の中にいる。そいつと、差しでやらせるそうだ。そして、二度と逆らわないように、骨身にこたえさせてやると」

「二度と逆らわないだと、おい」

「俺じゃない。社長が、おっしゃってることだよ、若月さん」

怯《おび》えたように、喋《しゃべ》っている男が二、三歩退《さ》がった。

「おい、ソルティ、あれ」

波崎が声をあげた。

小屋の反対側の方から、人影が二つ斜面をあがってくるのが見えた。安見と雄一だった。安見は、道に立つと雄一の背中を押すようにした。雄一ひとりが、ふらふらとワゴン車にむかって歩いて行く。二人がそちらへ走った。ワゴン車からも、ひとり降りてきた。

雄一がワゴン車に乗ってしまうまで、安見は道に立って見ていた。それから、松林の方へ戻って行く。

「おい、なんだってんだ、いまのは？」

私は言い、眼の前の男たちを放《ほう》り出して、小屋の方へ走った。

水村が、石油缶の火に手を翳《かざ》していた。

「なんだよ、いまの。水村さん、黙って見てたのかよ」

「あのねえさんが、黙って見ていてくれ、という眼をしていた」

「しかし」

「あんな眼をされると、男は黙って見ているしかねえんだよ、若月」

私は、火のそばに腰を降ろし、煙草を一本喫《す》った。その間、安見は戻ってこようとしなかった。小屋の外に出ると、波打際に立って背をむけている安見の姿があった。

「済みません、若月さん。散々、御迷惑をおかけした上に、勝手なことをしてしまって」

「おまえはいいのか、あれで」

「あたしが追いこんだ、というところも確かにあるのかもしれません。それに、一度は好きだと思った人間が、どんどん惨めになっていく姿を、あたしは見ていたくないんです」

「わかるような気もする」

「若月さんには、ほんとに申し訳ないことをしました」

私の方を見て、安見が一度頭を下げた。

水村さえも黙らせたのだ。私がなにか言えるわけもなかった。

「川中さんのところへ、戻るか？」

「そうします。川中のおじさまが、本気で怒り出すようなことにならなくて、よかったと思ってます」

「本気で怒る川中良一か」

あれ以上、どうなるというのだ。私は、久納均に拳銃《けんじゅう》をむけていた、川中の姿を思い浮かべた。誰も、どうすることもできない怒り。そんなものを、川中は爆発させることもあるのか。

私は安見と並んで立ち、しばらく沖の海面を見ていた。

小屋へ戻った。水村は、まだ火にあたっていた。上の道へ行っていた波崎が、戻ってきて肩を竦《すく》めた。

「やっぱり、おまえだけは通さない、と久納満が言ってるようだ、ソルティ。ほかの人間は、帰っていいとさ」

久納満の執念深さの対象が、私ひとりに絞られているようだ。

「どうする。忍さんを呼ぶか？」

久納満を止められるとしたら、まず姫島の爺さんだった。でなければ、異母弟の忍だけだろう。

「差しで、俺とやらせたい相手を連れてきている、と言ってたな。あのスモークのワゴン車の中から、久納満は見ているんだな」

狂った血だと忍は言ったが、久納満の執念深さは尋常ではなく、そして理不尽なものでもあった。

「どういうことなんですか。雄一くんを、もう帰したんですよ。あたしたちは、久納家と関係はないわ」

「それほど異常な一族と、おまえはやり合おうとしていたってことさ、安見」

笑って、私は言った。

「そんな」

「理不尽がまかり通る。街の中だけでだがね。そして、俺はあの街で生きてる。理不尽を、くそみたいなもんだと思ってる」

「川中のおじさま、爆発するわ」

「だから、知らせない。忍さんと酒でも飲ませておけばいい。波崎、俺と差しでやろうってやつを、連れてこいよ」

「言っておくがソルティ、久納満が連れてきているのは、半端なやつじゃないはずだ。そして久納は、車の中で見物しているだけだぜ」

「いいさ。俺は爆発しそうなんだよ。それにゃ、手強《てごわ》い相手の方がいい」

「おまえも、やっぱり度《ど》し難《がた》いところがある馬鹿だな」

波崎が言い、上の道の方へ行った。

しばらくして、ワゴン車から若い男がひとり出てきた。道を軽く駈《か》け、跳びまわり、膝《ひざ》の屈伸をしたりしている。まるで、檻《おり》から出された格闘マシンという感じだった。

「やつは、左眼の視力が極端に悪い。だから、右へ回れ」

いつの間にか小屋から出てきた水村が、私の背後に立っていた。

「ボクサー崩れだ。いい右のストレートを持ってる。それだけは、まともに食らわないようにしろ。俺は二度ばかり、S市であいつが暴れてるのを見たことがある」

「まるで、犬でも飼っている感覚だな、久納満は」

「それでも、手強い。どこかで、戦意を喪失させることだ」

「砂を右眼に投げるとか、そんな汚ねえ真似《まね》はしたくねえな。自分の躰なら、どこを使うのもありさ」

安見は、じっとうつむいている。これまでも、止められない男の争闘《そうとう》を、何度も見てきたに違いない。

「俺と水村さんが、セコンドだな」

「ひとつ断っておく。タオルは入れるな」

「わかったよ、ソルティ。充分、塩辛い思いをしてこいよ」

男が砂浜に駈け降りてきた。むこうも、二人付いていた。

「殺してやるぜ。おい。ノックアウトなんてねえんだからな。俺のパンチで、じわじわと殺してやるよ」

男が、にやりと笑いながら言った。

私は、シャツ一枚になった。むき合う。定石通り、左のジャブが出てきた。速い。かわしたつもりだが、鼻がつんとして血が噴き出してきた。さらにジャブ。右のストレートは、前蹴《まえげ》りでなんとかかわした。右へ、右へ、私は回った。男の左眼は、やはり相当悪いようだ。右へ回っている時に送られてくるジャブは、どこか正確さを欠いていた。

それに、砂の上だった。マットの上のように、フットワークを使えない。私は右へ跳び、腰を回転させて男の膝を蹴りつけた。ジャブ、ジャブ、ストレート。かわした瞬間、いきなりボディに来た。パンチは見えず、躰の芯に衝撃だけが響いた。

尻《しり》を落とした私は、ようやく呼吸ができるようになって、立ちあがり、右へ右へと回った。時々、蹴りを出す。しかし、それ以上は近づけなかった。蹴った瞬間、男の躰がこちらにむいた。右のストレート。かわそうと思う間もなかった。顎《あご》に食らい、気がつくと私は仰《あお》むけに倒れていた。立ちあがる。足がよく利かなかった。ジャブを当てられただけで、私は腰を落とした。一発、蹴られた。

しかし、ボクサーだった。パンチを入れて倒した瞬間、しっかりダウンを見きわめようとする。その間は、蹴りは来なかった。ひと呼吸ほどあとに、思い出したように蹴りつけてくるのだ。

ジャブで、また二度倒された。ストレートを食らう前に倒れた方がいい。しかしそれでも、パンチはしっかりと私の躰に効きはじめていた。立ちあがっても、足が思うように動かない。また、ジャブで倒された。蹴りつけてくる足を狙《ねら》って、私は飛びついた。もつれ合う。男は暴れ、躰を離すと立ちあがった。

また、ジャブ。かわした。ジャブが続いた。一発眼のあたりに食らい、私は倒れた。男は、絡みつかれるのを警戒しているのか、蹴りつけてこようとはしなかった。

私は立った。すでに、息があがっていた。右へ回るのも、よろけながらだった。

いきなり、右のストレートが来た。まともに食らった私は、自分の躰がしばらく宙を飛んでいるのを感じた。次に感じたのは、砂の感触だった。無意識のうちに私は立ちあがろうとし、うつぶせに倒れたようだ。

なんとか、両手で支えて上体を起こした。そこに、蹴りが飛んできた。私は大の字に倒れた。自分の呼吸を、三度数えた。足が飛んでくる。抱きつこうとすると、男は素速く足を引いた。

立ちあがる。砂浜が揺れていた。時々、意識が途切れたようになる。にやにやと笑いながら、男がノーガードで近づいてきて、軽いジャブを出した。それさえも、私は避《よ》けられなかった。次にまともなストレートを受ければ、立ちあがれないだろう。

私は、笑った。情ないものだ。これぐらいで、男がどうのと御託を並べるのか。なにかが、私の躰の中で切れた。男のジャブが、耳を掠《かす》めた。ストレート。しかし私は倒れようとしていた。それで、パンチ力はかなり殺した。立ちあがり、私は叫び声をあげた。

「うるせえんだよ。吼《ほ》えるな。これから、じっくりおまえを殺せって言われてるんだからな」

私は、もう一度叫び声をあげた。

ジャブが来た。倒れた。倒れたまま、私は男の方へ躰を転がした。蹴りつけてくる。その足を摑み、腰に抱きつき、砂の上で絡み合った。男が立とうとする。私の顔に、二、三発打ちこんでくる。私は、男の膝を放さなかった。上体が起きた。その瞬間、私は男の首に手を回した。頭を叩《たた》きつける。二度、三度と叩きつけた。男が、仰むけに倒れた。私は男の右手の人差し指を摑み、思いきり逆に反らせた。掌《てのひら》の中に、はっきりと生木の折れるような感触があった。男が、呻《うめ》きをあげる。私は男の上体を引き起こし、また頭を数度叩きつけた。男の眼の上が切れ、血が顔の半分を覆っていた。

立ちあがった。男も、立った。右のストレートは、かなり方向が狂っていた。躰を寄せ、私は思いきり男の股間《こかん》を膝で突きあげた。上体を折りかかった男のこめかみに、肘《ひじ》を叩きこむ。うつぶせに倒れた男の腹を、五度、六度と蹴りあげた。蹴るたびに、男の躰はちょっと砂から浮いた。左の肘の、関節を決めた。そのまま体重をかける。長く尾を曳《ひ》く叫び声を、男はあげた。男の上体を引き起こした。左腕の肘から下が、反対に折れ曲がってぶらぶらしていた。

「助けて」

男が弱々しく言った。

「許してください」

その言葉で、さらに私の残酷さは募《つの》ってきた。許してくださいだと。私は、男の顔の真中に、体重を載せた肘を叩きこんだ。男は後ろに倒れかかったが、胸ぐらを摑んだ手を、私は放さなかった。蹴りつける。何度も、腹を蹴りつける。それから男の髪を摑み、顔を砂の中に押しつけた。抵抗は、弱々しいものだった。

肩を押さえられた。それから両脇《りようわき》から抱えあげられた。水村と波崎だ。

「ここまでだ、ソルティ。これ以上やると、やつは死ぬ」

「久納、聞えるか」

私は叫んだ。

「今度おかしな真似をしたら、ボロ屑《くず》のようになってくたばるのは、てめえだ。忘れるな。こいつの姿を、よく見ておけ」

ワゴン車が、急発進していった。

私は小屋のところへ戻り、砂に膝をついて、腹の中のものを吐き出した。

しばらく、小屋の壁に背を凭せかけ、じっとしていた。安見が、海水で濡《ぬ》らしたハンカチで、私の顔を拭った。口にも、紙コップの海水が入ってきた。それで、躰はいくらかしゃんとなった。

「圧勝ってわけにゃいかなかったが、久納満はショックを受けたろう。あんな言葉を浴びせられたのは、生まれてはじめてに違いないな」

呼吸も、楽になってきた。ほんとうに効いたのは、まともに食らった右ストレート一発だけだったのだ。私が攻撃をはじめてからは、ほとんど打たれていない。

「どの程度か、最初は試しただけだ。その気になりゃ、はじめから半殺しにできたさ」

「まあ、頑張ったと、俺は認めよう」

「そうか、波崎が認める程度の、レベルの低い勝負だったか」

私は、立ちあがった。もう、砂浜は揺れていなかった。

「こんなことがあったと、姫島の会長には報告するなよ、水村さん。甥《おい》二人は、あまりに情ない。忍さんがいるだけ、救いだな。俺は、あの頑固な会長が嫌いじゃなくてね」

「報告する気はない」

「礼を言うよ。右へ回ってなかったら、俺はこんなんじゃ済まなかった」

「よくやった。言われても、回れるもんじゃない」

それだけ言うと、水村は顔をそむけた。

相変らず、愛想はよくない男だ。

「歩けるんなら、行こうか、ソルティ」

松林の方から、波崎が声をかけてきた。

33　こだわり

翌日、私の顔はひどい状態になったが、ひと晩で気分は戻っていた。

「久しぶりね、そんな顔」

牧子が言ったのは、それだけだった。

昼めしを自宅で済ませ、私は事務所に出た。

私の顔を見た山崎有子がうつむき、笑いをこらえていた。野中は、露骨に笑ったので、腹に一発食らわしてやった。

社長室から内線が入り、呼び出された。

「なんでしょう？」

私は、社長室に行って言った。川中と安見が、応接セットに座っていた。おまえも座れと、忍が仕草で示した。忍は、コーヒーを四つ電話で註文《ちゆうもん》している。

「殴り合いをして、すっきりしたみたいだな、ソルティ」

葉巻に火をつけながら、川中が言った。

ちょっとばかり、欲求不満が溜《たま》るような仕事だった。それを、川中はよく読んでいたようだ。確かに、きのうの殴り合いで、私はすっきりしていた。

「結局、最後まで安見がわがままを通し、おまえはそれに付き合ってくれた、ということになるな」

「安見が通そうとしたことを、俺はあまりわがままだとは思いませんでしたよ」

「それなら、俺は多少気が楽だがね」

「やりたくてやっちまった。そんなところがあります。どうも、俺の悪い癖みたいなんですが」

「そして、塩辛い思いをするか」

「それもいいでしょう。俺は、そう思ってますよ」

「なにがおかしい」

私が笑うと、川中が煙を吐きながら言った。

「いや、殴り合いをやったあと、安見が海水で俺の顔を拭《ふ》いてくれましてね。ついでに、紙コップで海水を飲まされた。不思議に、躰がしゃきっとしたんです。ああ、俺の味じゃないか、とも思いましたよ」

「群秋生は、さすがに天才だね。絶妙のニックネームだ、ソルティってのは」

「気に入っちゃいるんですが、誰にもそう呼ばれたいってわけじゃありません」

私は、煙草に火をつけた。口の中は傷だらけで、飲みものはしみるが、煙はしみはしなかった。

「川中さんは、今日、チェックアウトされる」

忍が私の隣に腰を降ろして言った。

「そうですか」

「ほんとうに、御迷惑をおかけしました。勝手なことばかりした、と思ってます。それで、若月さんに怪我なんかさせて。亡くなった方までいらっしゃいます」

「よせよ、安見」

「謝りきれることじゃない、とよくわかってるんですが」

「おまえが通そうとしたことは、悪いことじゃない。通すのは難しいが、当たり前のことだったと言ってもいい。死人が出たのも、俺の顔が痣《あざ》だらけになったのも、この街がさせたことだ。そういう街なんだ」

「でも、あたしは頑固すぎました」

「違う。野郎に根性がなさすぎた。それだけのことだ。次に恋人を選ぶ時は、根性をよく見きわめるんだな」

「はい」

安見が、ちょっと微笑《ほほえ》んだ。

「あたし、一瞬若月さんを好きになりそうでした」

「おいおい、女はこれだよ」

忍が笑いながら言う。

「ほんとです。そういう瞬間というのが、人生には時々あるんだろう、とも思いました。それを通りすぎたあとで、ほんとうに好きになるんだと思います」

「おまえの恋人か亭主になる男は、大変だ」

私が言うと、川中が声をあげて笑った。

「こいつがまだ小さいころから、俺は秋山によくそう言ってたもんだよ。秋山は、いい女房になる、と言い張ったがね。確かに、いい女房にはなる。男が、根性を決めて生きていればだが」

父と娘のような感情が、やはり川中と安見にはあるようだった。

コーヒーが運ばれてきた。

「遊びに来なさい、また。といっても、この街に近づきたくはないだろうが」

ポットからコーヒーを注ぎながら、忍が言った。

「若月さんには、会いたいって気がします」

「女房がいる、こいつには。しかも、それなりの女で、ソルティに見合ってる」

「知ってます。若月さん、この街にできたお兄さんみたいな気がするんです」

「おい、安見」

私は、コーヒーに手をのばして言った。

「俺のことは、ソルティと呼べ」

「えっ」

「そう呼ばれたい人間のひとりに、おまえはなった」

川中が、眼を閉じて煙を吐いた。

「若い者が、成長するな。俺も、ついこの間まで、坂井は小僧だと思っていた。いつの間にか、一端《いっぱし》になってやがる。そして、俺は老いぼれていくってわけだ」

「私もだよ、川中さん。ソルティは、この間まで小僧だったんだ」

「なにが、男を成長させるのかね、忍さん？」

「女じゃないな」

「そう、女じゃない」

「こだわり、ですかな」

「確かにね。老いぼれると、そのこだわりってやつが弱くなる」

「川中さんは、相当なものだ」

「小僧に負けてたまるか。そうやって生きてきた。いつの間にか、小僧に花を持たされるようになってる」

「こだわりはいいが、悪あがきはしないことだ、川中さん」

「まったくだ」

川中と忍が、また声をあげて笑った。

34 DNA

街は、また虚飾《きよしよく》の平穏に満ちてきた。

私の仕事はシーズンオフなので、事務所にいるより、船のメンテナンスをしていることの方が多かった。気がむくと、群秋生の家へ行き、ビリヤードをやる。夜は、大抵、『てまり』で飲んでいる。家に帰れば、女房と娘がいる。どこから見ても平凡で、ありきたりの生活だった。

事が起きることを、望んでいるわけではない。しかし、なにか起きると首を突っこんでしまう。これからも、それは変ることがないだろう。

川中と安見がこの街を去って、十日以上が過ぎた。めずらしく降った雪は、もう降る気配はなく、このまま春になりそうだった。